NEMEN WIJ DAN SAME
AFSCHEID VAN DE LIEF

PAUL
BAETEN GRONDA

Nemen wij dan samen
afscheid van de liefde

ROMAN

2008

DE BEZIGE BIJ
AMSTERDAM

Copyright © 2008 Paul Baeten Gronda
Omslagontwerp Nanja Toebak
Foto auteur Filip Claus
Vormgeving binnenwerk Adriaan de Jonge
Druk Hooiberg Salland, Deventer
ISBN 978 90 234 2992 0
NUR 301

www.debezigebij.nl

Burn my fist to the concrete – My fear is my strength
Power, rage unbound because – Been pounded by the streets
Cyanide blood burns down the skyline – Hatred is purity
The bullet connects at last – Let freedom ring with a shotgun blast

Davidian – Machine Head

Alles is porno geworden, Staf.

Vandaag kwam ik terug in onze gevreesde gang. Dat moest ongeveer een jaar geleden zijn. Die groene muren zagen er nog net hetzelfde uit. Weet je nog hoe we grapten dat we in het decor van een Duitse politieserie waren beland? Ik denk niet dat we ooit samen zoveel hebben gelachen als gedurende die vreselijke weken op de scheissegroene gang. Veranderen lelijke gangen ooit in mooie gangen? Ik hoop er niet op.

Het water uit de dispenser smaakte nog steeds naar ijzer, chloor en, waarom niet, naar de dood. Ze zeggen dat water het begin van alle leven is, maar geloof me, Staf, ze lullen maar wat. Als ik het water uit de groene gang drink, dan proef ik Roy. Roy had een bmx, *maar droomde van een brommer. Zijn haar blonk en hij bewoog zich door de wereld alsof die een spelletje was waarvan hij alle geheime codes gedownload had. Maar het is niet die Roy die ik proef, Staf. Het is de bleke Roy. Die met geen blik in zijn ogen.*

Alles is porno geworden, Staf. Ook jij.

Stilaan begon ik weer te genieten van goede dagen. Ik heb een lief en ze woont op een pleintje. Dat is heel wat voor iemand als ik. Maar weet je wat ik ontdekt heb? Dat als je begint te spreken van goede en slechte dagen, het eigenlijk al te laat is. Voor mij is het allang te laat, besef ik nu. Op goede dagen wacht ik bang de volgende slechte dag af, en op slechte dagen geloof ik weleens dat het leven erop neerkomt af te tellen tot je ziek genoeg bent om de bodemloosheid gewoon uit te kotsen. Zwetend in je bed en met zicht op het plafond.

Jij ligt in een ziekenhuisbed dat door een apparaat in beweging wordt gehouden, wist je dat? Aan jouw bed hangt een apparaat dat je moet behoeden voor doorligwonden. En dat maakt een lawaai, dat ding. Wat is dat toch voor iets, doorligwonden? Als je al zover bent dat je niet meer op eigen kracht van zij op zij kan rollen, dan kunnen ze je beter gewoon afmaken (niet persoonlijk bedoeld). Jij denkt er waarschijnlijk anders over. Jij dacht er altijd al anders over. Altijd speciaal geweest of willen zijn en zie nu... Bengelend aan de afgrond van het leven, tussen grauwe muren in een groene gang.

Ik heb geen schrik om te sterven, Staf. Dat klinkt debiel als het van een eenentwintigjarige man komt, maar toch is het zo. Gewoon wachten en dan heerlijk inslapen. Niemand die je ooit nog komt wekken, nooit meer om brood of cola moeten, en nooit meer zoeken naar de afstandsbediening, wat liefde of een beter leven. Wat kan daar nu zo erg aan zijn? Niet dat

ik er echt naar uitkijk, ik ga niet van een brug sprin-
gen of zo. Maar sterven, waarom ook niet.

Ik ben geen huilend kind, Staf. Ik wil niet huilen. Ze-
ker niet als de wereld toekijkt. Heb jij ook voort-
durend het gevoel dat de wereld toekijkt? Gaat dat
gevoel ooit weg, of wordt het alleen maar erger met
het ouder worden?

Je laat het mij nog wel weten. Ik heb tijd.

Hopelijk kom je dit te boven.

Groeten,
Max

PS *Ik laat je hemden oppikken bij Giorgio Barone. Je*
moet dringend van stomerij veranderen.

1

Eergisteren

I

Ik kreeg op mijn verjaardag geen omelet van Mevrouw Spillere. De Spillere's zijn de eigenaars van Hotel Splendid, waar ik woon. Zij trekt de krijtlijnen, hij mag het gras eromheen afrijden, als je begrijpt wat ik bedoel. Eigenlijk heten de Spillere's de Spillers, maar toen ze zoveel jaar geleden van Oostenrijk naar Italië waren verhuisd, had een of andere slome Flavio hun naam verkeerd geschreven. Zo kwam het dat de Spillers nu de Spillere's heetten, hoewel ze ondertussen alweer hier waren komen wonen. Ik had hun ooit aangeraden die naam terug in Spiller te laten veranderen, omdat dat beter klinkt in het Nederlands. Ik had evengoed kunnen voorstellen het hotel om te dopen tot een hoerenkot om het dan Aan Het Einde Van De Tunnel te noemen. Een ander deel van de familie Spiller, dat door een andere slome Flavio in een andere Italiaanse gemeente was ingeschreven, heette sinds jaren de Spilleri's. En de Spillere's praatten al jaren niet meer met de Spilleri's. De bureaucratie had hen tot een bittere scheiding gedwongen. De naam Spillere, met een kanjer van een e, was er sindsdien een om trots over te waken. Italianen lachen niet om zulke kwesties.

Mij kon het geen losse zak schelen hoe ze zichzelf noemden, zolang ik maar gratis kon lunchen. Nu ja, gratis... negenentachtig euro per dag is niet meteen goedkoop. Sterker nog, het is bijna het dubbele van wat ik op een dag verdien. Mevrouw Spillere schoof elke vijfde van de maand een enveloppe onder mijn deur. Daarin zat de hotelrekening, meestal in mijn voordeel afgerond naar 2500 euro. 'Dhr. Max Eugène Venkenray', schreef ze met de sier van een schoolmeisje op die omslag, en onder mijn naam schreef ze de maand en het jaar waarvoor betaald diende te worden. Voor een viersterrenhotel was het Splendid erg familiaal. Ambachtelijk, bijna. Daar hield ik wel van.

*

Je bent niet per definitie een slappe lul als je Max Eugène Venkenray heet. Het vergroot gevoelig de kansen, dat geef ik toe. Maar een garantie is het niet. Een naam is nooit een garantie. Ik heet natuurlijk niet voor niets Max Eugène Venkenray. Staf en Millie vonden het eenentwintig jaar geleden een leuk idee om hun tweede zoon zo te noemen. Max Eugène, dat vonden zij toen een mooie naam. Het mag duidelijk zijn dat zij ook toen al totaal geschift waren. Ik gok dat mijn verwekkers in een periode van vooruitgangsoptimisme zaten, maar toch ook vasthielden aan familietradities. Staf en Millie konden nooit gewoon één bepaalde trend volgen, het moest altijd weer net iets anders dan de buren en de rest van de wereld. Zo kwamen ze erbij om mij Max te noemen, naar de verwachtingen die zij toen nog koesterden voor mij specifiek en bij uitbreiding het leven in het algemeen, en daar Eugène achter te plakken. Naar mijn grootvader.

Eugène Venkenray, de notaris die zijn langverwachte derde generatie stempelzetters verloren zag gaan in persoon van zijn enige zoon en mijn enige vader. Staf Venkenray vond het interessanter om socialist te worden, hoewel hij getekend was door het lelijke fatsoen uit de bourgeoisie en de verwende, wereldvreemde trekjes had die een enig kind doorgaans heeft. Als u ooit een notaris vindt die *Das Kapital* tussen de wetboeken heeft staan, moet u het mij zeker weten te vertellen. Toen Staf een snor liet staan en nog journalist werd ook, stierf Eugène Venkenray een langzame dood, samen met zijn eigen kleine familietraditie.

Al de schuld, vergeefse spijt en zelftwijfel die Staf sinds die dood in zijn uitdijende lijf meedroeg, dumpte hij in die zes letters, die hij, zoals alleen socialistische journalisten dat durven, tussen Max en Venkenray goot. Hij was ervan af, ik kon ze voor hem dragen tot iemand met een lelijk gezicht en een vrouw die Peggy heet ze op mijn grafsteen zou zetten. Een notariaat is iets van generaties, of je dat nu gewild hebt of niet. Als ik ooit een zoon heb noem ik hem Kurt. Gewoon Kurt. Dat hij het dan zelf maar uitzoekt.

*

Ik veronderstel dat grootvaders met een notariaat hun voordelen hebben, zeker als zij hun enige zoon maar als een rode pennentrek over hun levenswerk beschouwen. Geen probleem voor mij. De laatste stempel die Eugène Venkenray zaliger krakend en kwijlend op zijn testament drukte had in mijn voordeel gespeeld.

En in dat van Mevrouw Spillere, want dankzij dode opa Eugène kon ik haar enveloppe beantwoorden met een glimlach en een graai naar de bank. Voor negenentachtig euro per dag je verdriet mogen wegmoffelen in de zachte kussens van een hotel, dat is een koopje. Bovendien kreeg ik er de liefde en de boezem van Mevrouw Spillere gratis bij.

*

Mijn eenentwintigste verjaardag was begonnen met een priemende pijn boven mijn linkeroog. Dat gebeurde wel vaker, dat ik opstond met hoofdpijn. Soms kon ik dan een uur onder de lakens blijven liggen om te bekomen van de droom die ik net had doorstaan, waardoor ik het ontbijt miste. Het leek wel of Mevrouw Spillere begreep waarom ik niet uit de greep van de nacht raakte. Ze knikte altijd zoals oude vrouwen die veel naar de kerk en naar de slager gaan dat doen. Niet dat ik last had van nachtmerries. Nachtmerries vind ik iets voor kinderen. Een man slaapt gewoon slecht, dat lijkt mij deel van het hele man-zijn.

Sinds mijn jongere broer Roy gestorven is, droom ik vaak over hem. In die dromen herinner ik mij dingen waar ik overdag nooit op zou komen. Op zou durven komen. Mijn andere broer is de oudste en is nog in leven. Over hem droom ik nooit. Of ik herinner het mij niet.

Ik weet niet zeker of ik eergisteren echt van Roy gedroomd had, maar het eerste beeld dat ik die dag voor me zag, was in elk geval Roy die met een emmertje op z'n kop over het strand liep. Hij lachte, hij viel en begon te huilen. En toen priemde die pijn door mijn hoofd.

*

In plaats van een omelet kreeg ik een glas karnemelk en een boze blik van een van de serveersters. Ze moest mijn leeftijd hebben en keek me altijd beschuldigend aan, alsof je niet in een hotel mag wonen als je een eenentwintigjarige man bent. Trut. Soms fantaseerde ik over kwade seks met haar, in de keuken of de hal van het hotel, maar dat waren fantasieën die gelukkig snel vervlogen.

De karnemelk was te lauw om te smaken. Eigenlijk moest ik al vertrokken zijn naar Jimbo, maar die kon wachten. Weinigen die zo goed konden wachten als Jimbo. Als je Jimbo genoemd wilt worden kun je beter niet te veel bijkomende eisen stellen. Ik denk trouwens niet dat Jimbo een duidelijk notie van tijd heeft. Op je verjaardag zoek je al je vrienden op, en aangezien Jimbo mijn enige vriend was, kon ik maar beter zo vroeg mogelijk vertrekken. Niet dat Jimbo het zich erg zou aantrekken als ik te laat zou komen. Zo is hij niet.

*

Als er zoiets zou bestaan als een beste vriend, dan moet ik toegeven dat ik waarschijnlijk Jimmy Rietslaghers zou moeten noemen als diegene die daar het dichtst bij in de buurt zou komen. Maar laten we het zo gek niet maken. Mijn vriendschap met Jimbo is goed om haar eenvoud. Geen lullig gedoe met foto's van gezamenlijke uitstappen en jarenlange ruzies over een meisje op wie we allebei verliefd waren. Geen grenzeloos gezwets van 'weet je nog toen' en 'dat waren nog eens dagen'. Geen kampvuursentiment. We wonen niet in Californië en rijden niet met cabrio's naar het strand, we zijn gewoon twee stinkers die naar dezelfde muziek luisteren en elkaar goed genoeg kunnen uitstaan om elkaar het hoofd niet in te slaan uit verveling. Zo moet dat zijn, al de rest is tijdverlies.

Een goede, solide vriendschap. Een mannenvriendschap die met moeren en snoeren in elkaar zit, zonder gedoe of parfum. Een vriendschap die ontstaan is in de beste traditie, namelijk die van het dwingende toeval. Zit je naast elkaar op het bankje in het kakschooltje, dan word je ook vriendjes, simpel. Het alfabet, de klasindeling of het zichzelf overschattende psychologische inzicht van het een of ander juffertje hebben ertoe geleid dat jij naast die andere klootzak zit, die naar pis stinkt of z'n neuskeutels opeet. Maar daar moet je dan maar mee leren leven, want de volgende dag zit die aap daar toch weer en moet je opnieuw samen de dag door. En dan word je maar vriendjes. Leuk zeg. Ongeveer zo waren Jimbo en ik vrienden geworden. Alleen, wij waren al een jaar of vijftien en ik had net het Heilandcollege ingeruild voor het Vrij Technisch Instituut.

Over de technische school kan ik kort zijn. Het is een school zoals een andere, alleen leer je er niet hoe de slag bij Waterloo gewonnen werd, maar wel hoe je twee buizen aan elkaar moet fitten. Leerlingen worden niet opgepikt in dikke sleeën, maar rijden rond met opgefokte brommers. Die brommers zijn niet enkel hun vervoermiddel, ze bieden ook eindeloze inspiratie voor boeiende gesprekken over bijvoorbeeld het eeuwige vraagstuk omtrent de keuze van de uitlaat. Ga je voor een Polini, of toch voor een LeoVinci? Idioten die uit Heiland komen, denken dat LeoVinci een schilder is, maar zij dwalen in het duister.

Jimbo en ik reden niet met brommers. Wij liftten of wandelden. Tot groot onbegrip van onze medeleerlingen aan het Vrij Technisch Instituut. Volgens mij was het Joeri Putseys, een bleke kerel met een snorretje, die ons ooit toesnauwde dat wandelen 'voor debielen en wandelaars' was. Dat is een exact citaat.

Metal begrepen ze natuurlijk al helemaal niet op het Vrij Technisch Instituut. Zij luisterden allemaal naar muziek die heel erg leek op het geluid dat een uitlaat van het merk LeoVinci maakte. Een zekere consistentie moest je ze wel nageven, die technische jongens.

Mij leverden de jaren aan het VTI tenminste nog een job in de luchtzuiverende sector op. Jimbo hield er enkel zijn maagdelijkheid en heel veel binnensmondse verwijten aan over.

2

Jimmy Rietslaghers en ik richtten Crying In A White Dress Of Hope op omdat we iets positiefs wilden doen met ons leven. We waren allebei voor drie dagen geschorst door het Vrij Technisch Instituut, en een metalband starten leek ons toen de gepaste manier om ons te bezinnen. Het was lang voor ik besloot om alleen nog naar countrymuziek te luisteren en Jimmy was ervan overtuigd dat er ergens een geniale metalgitarist in hem zat. Omdat ik de teksten schreef en Jimmy mijn handschrift niet kon lezen, werd ik zanger. Staf en Millie vonden het plezant dat ik een bandje begon. Zij begrepen er natuurlijk weer de lul van. Metalbands begin je niet om plezant gevonden te worden door je ouders. Plezant, wat is dat eigenlijk voor een bescheten woord. Een woord dat zegt: niemand heeft er iets aan, maar zolang je niemand kwaad doet, ga je vooral je gang maar. Hopelijk word ik nooit iemand van wie ze zeggen: zie je die kerel met zijn blauwe hemd van Thomas Pink? Dat is nu echt eens een plezante gast.

Jimbo en ik waren in die tijd helemaal geen plezante gasten. En als ik je zeg dat wij geen plezante gasten waren, wil dat niet zeggen dat we weleens vuile woorden gebruikten, vettig haar hadden of broeken droegen met gaten en scheuren erin. Echte rotte honden waren wij, twee hatelijke pissertjes die je op je kop zouden getimmerd hebben omdat je van links kwam, of van rechts, of van boven of van onderen. We zouden bij je thuis komen om de drank van je pa op te zuipen en hem dan weer uit te zeiken over je zusje. En als je dan zou beginnen te janken, veegden we voor je neus onze reet af aan de gordijnen van je moeder. Dat is nooit echt gebeurd, ik wil je maar een idee geven van wat we allemaal gedaan zouden hebben als we geen geboren lafaards waren geweest.

Het kwam erop neer dat we kwaad wilden doen. Wij wilden iedereen en alles de pest aandoen, het deed er niet toe wie of hoe. Als we maar geen plezante gasten gevonden werden. Millie zou het later analyseren en zeggen dat we om liefde vroegen, dat we schreeuwden om aandacht en begrip. Millie is goed gek en zou beter zelf wat om hulp schreeuwen, dat zeg ik je eerlijk. Moest ik een zoon hebben gehad als ik, ik zou 'm goed zijn vet hebben gegeven. Schreeuwen om liefde, mijn kloten. Jimbo en ik wilden onze longen aan gort krijsen tot er alleen nog bloed uit kwam, om dan toch nog drie keer harder verder te doen. Om nooit te stoppen en niks meer te voelen. Eigenlijk is dat ook wat we deden, zij het dan op een laffe, prullerige manier. Met puisten op onze neus en in de scherpe zweem van puberhormonen.

Crying In A White Dress Of Hope hield op te bestaan na twee maanden, toen Jimbo het moe was om die geniale metalgitarist die hij ergens in zich droeg te zoeken, en we het niet eens raakten over de boodschap van mijn tekst 'Rotten Vampire Corpses Cover The Battlefield Of Shattered Hearts (Jimbo solo reprise)'. Jimbo had het niet begrepen op liefdesliedjes. De beste herinneringen zijn die welke als grappen gaan klinken wanneer je ze later navertelt. Jimbo en ik hebben heel veel beste herinneringen.

*

Die middag was Lydia Dewit, Jimbo's moeder, de deur uit. De reden was een ruzie die zij en Jimbo hadden gehad over het huwelijk van haar andere zoon, Vincent. Die stond op het punt te trouwen met zijn vriendin Jo. Persoonlijk heb ik een afkeer van vrouwen met mannennamen. Vrouwen met mannennamen staan zeker op mijn Dood Van De Seks-lijstje, samen met alle vrouwen die vinden dat feminisme belangrijk is en Tori Amos daarom goed vinden. Of T-shirts met vulgaire opschriften dragen, zoals 'will fuck on first date' of 'your mother sucks cocks in hell'. Niet sexy. Elke dinsdagavond salsa gaan dansen en dat beschrijven als 'mijn passie en mijn leven' is ook een garantie om op die lijst te komen.

De Dood Van De Seks-lijst is in zekere zin gebaseerd op ervaringen uit mijn amoureus verleden, daar ga ik niet over liegen. Of Jo ook werkelijk onaantrekkelijk was, wist ik niet zeker. Hoofdzakelijk omdat ik Jo nog nooit had ontmoet. Vincent wel, een keer of vier, vijf, zes. Hij kon alleen lachen om serieuze dingen en maakte ook altijd ruzie met zijn moeder. Die was het beu dat haar dertigjarige zoon nog steeds in zwarte doodskoppenmetalkledij door het leven ging, en dat hij weigerde zijn haar weer naar de oorspronkelijke kleur te laten verven. Het was nu helblauw, wat behoorlijk lelijk was op Vincents witte huid. Jimbo plaagde Vincent met z'n naam, die volgens hem totaal geen metalachtige naam was. Ik zou graag weten hoe een metalachtige naam dan klinkt. Vincent verkoos om als Der Vince door het leven te gaan en zag de humor van Jimbo's plagerijen niet in. Vincent zag eruit als iemand die ergens de humor nog niet van zou inzien als hij er met zijn zware botten middenin zou stappen. Ik denk weleens dat die haarverf door z'n haarwortels zijn hersenpan binnengedrongen is en daar het deel heeft beschadigd dat het gevoel voor humor regelt. Jimbo had ooit in een of andere metaltent opgevangen dat Vincent zichzelf als tiener 'Vince the motherfucking darkness prince' had gekroond. Jimbo, nochtans zelf niet zonder zonde als het op onnozele roepnamen of misgroeide metalstijlkenmerken aankwam, kon zich daar eindeloos vrolijk over maken. Het eindigde er steevast mee dat Vincent Jimbo een jazzfan of een homo noemde, waarop Lydia haar dertigjarige zoon wegstuurde, Jimbo naar zijn kamer vluchtte en ik, te laf om Jimbo achterna te gaan, maar naar huis vertrok – je wist maar nooit of hij echt een jazzfan was.

Voor ik zou vertrekken stond ik altijd een minuut of zo in de keuken met Lydia. Ze zette dan telkens weer het koffiezetapparaat aan en liet zich met een wanhoopszucht op een stoel zakken. Ik zag dan wel dat ze wilde huilen, maar zij hield het laatste stukje waardigheid vast als een stervende soldaat z'n leeggeschoten geweer. Voor de vorm, denk ik, want haar verdriet vulde de kamer sneller dan de geur van merkloze koffie. Ik heb nooit de moed gehad om iets te zeggen. Ik betrapte me er één keer zelfs op dat ik naar haar borsten stond te staren. Lydia was gezegend met een goed geconserveerd lijf en had bij mijn weten geen enkele eigenschap uit mijn Dood Van De Seks-lijstje. Ik had Lydia wel graag.

Het deed me dan ook niet niks te horen dat ze na een vlammende ruzie vertrokken was. Jimbo wist niet waarheen en kon haar niet bereiken. Hij wilde het niet laten zien, maar het was wel duidelijk dat hij wat ongerust was. Jimbo had een grote bek, maar 't was een goeie kerel. En dat wordt vaak gezegd, dat iemand een goeie kerel is, maar bijna even vaak is het de schijnheiligste nonsens die er bestaat. Als de wereld vol goede kerels zou zitten, wat zouden we dan 's avonds op tv zien? Zesendertig geboortes van dolfijntjes en programma's over mensen die graag eens niets aan zichzelf zouden veranderen. Jimbo was écht een goeie kerel.

*

'Ik ga Mr. White melken en dan zijn we naar de Sambo,' besloot Jimbo. Mensen die eigenlijk Jimmy Rietslaghers heten, maar liever Jimbo worden genoemd, met hun alleenstaande moeder en een broer met blauw haar in de Da Vincilaan wonen, die daarenboven naar hun lul verwijzen als naar een personage uit een film van Tarantino en altijd in het zwart gekleed zijn, die zijn bezwaarlijk een goede invloed te noemen. Millie zou dat meteen beamen. Zij zou je verveeld hebben met urenlange analyses over het vertrek van Jimbo's pa en zijn daaruit voortvloeiende verlatingsangst en zo. Ik heb me altijd afgevraagd hoe je iemand kan analyseren zonder hem ooit te hebben ontmoet. Zeker in Jimbo's geval. Jimbo was iemand die je moest hebben gezien om hem te begrijpen. Het stoorde me in zekere zin dat Jimbo Sam nu Sambo bleek te noemen. Wat is dat met dat onnozele -bo, straks willen ze nog naar de fitnessclub en groene polo's dragen. En moest ik dan niet Maxbo of zo worden? Max Eugènebo. Wat viel er trouwens te beleven bij die debiel van een Sam? Net zoals ik vrouwen met mannennamen niet hoog aanschrijf, heb ik ook weinig interesse in mannen met vrouwennamen. Je zou samenvattend kunnen stellen dat ik uniseksnamen maar niks vind. Het was zondag negen april, mijn verjaardag, en ik zat me druk te maken over uniseksnamen. Om je maar een idee te geven.

*

Sam woonde iets verderop in Jimbo's straat, en was buiten een wietboer en een PlayStationverslaafde vooral een eenzaat. Hij zat altijd thuis op zijn console te spelen. Altijd. Eén keer was ik bij Sam thuis geweest, hij zat toen net op zijn PlayStation te spelen. Ik had een dag hard gewerkt in het winkelcentrum en kon het niet laten dat te delen met de groep.

'En ik dan!' zuchtte Sam terwijl hij zijn blik strak op het scherm van zijn tv'tje hield.

Nu gaat het komen, dacht ik. Nu gaat blijken dat

Sam 's nachts eigenlijk een dokwerker is of zo. Of een vorkheftruckchauffeur, of iets waar je een gele veiligheidshelm voor moet dragen.

'Ik heb heel de dag geprobeerd om die tank hier kapot te krijgen,' knikte hij naar zijn scherm. Hij had me nog steeds geen blik gegund. Tank? Niets wees erop dat hij me voor de gek hield. Wie hem daar in zijn zetel had zien liggen, zou er zelf ook moe van geworden zijn. Daar lag een man die met zijn twee duimen een tank had kapot gekregen en enkel opstond om zijn gerief te verkopen aan de achterdeur of om te gaan pissen. De ideale soldaat. Ja, Sam was duidelijk een held van zijn tijdvak. Sindsdien was ik nooit meer over de vloer geweest bij Sam, zeker niet nadat ik hem had voorgesteld zijn spel op pauze te zetten. Maar beter ook, voor je het weet knijpt hij je plat tussen zijn duim en wijsvinger.

*

Jimbo toonde mij de weg naar Sams huis – een weg die ik al jaren kende. Jimbo hield ervan te leiden, ik liet hem begaan. Tegenover Jimbo woonden twee zusjes met beugels en zonder borsten, maar met fantastisch lang blond haar. Ze leken een tweeling, maar dat waren ze niet. Ze zaten vaak buiten op de oprit, waar ze een lelijk wit bankje hadden staan. Die tweeling zat daar soms uren in de zon. Jimbo en ik konden ze zien zitten vanuit de donkere kamer waar we substantiële delen van ons al bij al jonge leven naar platen hadden liggen luisteren en over gitaren en versterkers hadden gepraat. Jimbo had van die geniale blinden, waardoor het licht op een FBI-achtige manier in de kamer viel. Als die zusjes wat meer borsten hadden gehad, waren ze zeker een dankbaar onderwerp van tienersappige, zweterige fantasieën geweest, maar het leken wel twee apen van Hanson.

Toen we naar Sams huis wandelden, en terwijl Jimbo klaagde over het feit dat metal-T-shirts altijd zwart zijn en dat ze best weleens mochten denken aan fans met een delicate huid als hij, die ook zonder zo'n zwarte verpakking al genoeg last hebben van de zon, leek het of iemand me bij m'n kraag vatte. Een snik, een moment waarop iets me raakte, maar ik wist niet wat. Op straat was niemand te zien, alleen wat vliegen die rond de vuilnisbakken zwermden en een kat die een zuchtje schaduw zocht. Het duurde even voor ik begreep wat ik hoorde. Het kwam door het raam van een van de goudlokjes, dat openstond. Dat was het, de muziek. Ik werd week in mijn knieën en dacht aan warme, luie seks. Dat gebeurt anders nooit, vertrouw me. Dit moest 'm dus wel zijn.

*

'All my friends and lovers leave me behind', klonk het op een van haar platen. Achteraf heb ik het eens opgezocht en de stem kwam van een zekere Duritz. Triestige kerel. Elke keer als we aan het seksen gingen, speelde ze diezelfde plaat. Man, die plaat heb ik echt duizend keer gehoord. Elke aanslag op de piano, elk kronkeltje in de zanglijn en het aanzwellen van de strijkers, ik weet ze allemaal zitten. Ze was een meisje dat je kon doen geloven dat ze al een vrouw was, en welke jongen wil zoiets nu doorprikken? Ze rook naar amber, al weet ik de fuck niet wat amber is, en ze had kussentjes in wel vier tinten groen. Ze had een witte huid die goed stond onder rode dingetjes zoals sandaaltjes, rokjes, handdoeken en behaatjes. Ik zou een rode tempel voor haar gebouwd hebben, maar ze liet me zo ook binnen. Zomaar. Ik mocht met mijn lelijke kop op haar kussentjes en ze zou me er nog voor belonen ook. Als ze me pijpte, keek ze lachend op met dat rood dat haar zo goed stond in een blos op haar wangen.

Het is een bijzonder gevoel als een vrouw, of een meisje met allures, je aankijkt terwijl ze je lul in haar mond heeft. Oké, het gaat om de innerlijke connectie en het delen, maar uiteindelijk heeft ze 'm wel in haar bek. Vrouwen die je op zo'n moment met een blos op de wangen in je ogen kijken, die komen uit een land waar appelsienen gratis worden uitgedeeld door feeën met gouden stafjes. Ik leefde in een romantische komedie, waar vrouwen in perfecte kleedjes op van die onnozele zitballen in het rond botsen, je zien binnenkomen, hun geile bril in hun haar steken en je een glas vers tomatensap uitschenken. Nooit zoveel rotte koppijn gehad als in mijn twee maanden als Hugh Grant, samen met Miss Blowblos. Kapot ging ik van de stress. Ik ben meerdere keren gestorven in die periode, en niet alleen tussen haar lenden of tussen haar rode wangen. Ze rook naar amber, en soms ruik ik haar nog. Als ik die klootzak van een Duritz hoor, bijvoorbeeld. Hij was daar, hij heeft alles gezien. De zangers krijgen al de goeie stuff te zien.

28

*

Jimmy Rietslaghers, een tweeëntwintigjarige werklo-
ze metalgitarist uit de Da Vincilaan die klaagde over
zijn tere huid, belde aan bij Sam, die nu Sambo werd
genoemd. Sams deur stond altijd op een kier, of dacht
je dat hij van zijn luie reet zou komen om voor jou de
deur te komen openen als je niet kwam om zijn shit te
kopen? De regel was dat je in de hal wachtte tot Sam
iets riep, wat dan betekende dat je mocht binnenkomen. Volgens mij moest hij gewoon zijn broek weer
aantrekken.

'Nog iets gehoord van Elise?' vroeg Jimbo, die zelden
vragen stelde over vrouwen als ze niet in metalbands
speelden. Er spelen hooguit vier vrouwen in metalbands, wereldwijd.
    'Ik ga er straks heen.'
    'Je verjaardagsgeschenkje halen.' Jimbo lachte op
een manier die ik niet van hem kende. Een geile manier. Je hebt mensen van wie je het tolereert dat ze hun
geilheid laten blijken, en anderen. Jimbo behoorde
niet tot die eerste groep, zijn geilheid had eerder iets
van smeulend plastic dan van brandend verlangen.
    'Zoiets.'
    'Proficiat trouwens, stinker. Voel je je nu anders?'
    Ik zei dat ik me net hetzelfde voelde als voorheen, hij
zou heel het nieuwe man-zijn toch niet gevat hebben.
Jimbo besloot dat het maar beter was ook dat ik me
niet anders voelde. Een verjaardag vond hij immers
maar voor nichten. Ik had de moed noch de zin hem
daarin tegen te spreken, dus zei ik wat alle mensen

zeggen die liever problemen ontwijken dan ze aan te pakken.

'Ja.'

'Nieuwe van Fistfuckers In Disguise gehoord?' Goed punt voor Jimbo, hij bleef nooit te lang op eenzelfde onderwerp hangen. Ik had de nieuwe van Fistfuckers In Disguise nog niet gehoord. Sterker, ik had nog nooit van de Fistfuckers In Disguise gehoord. Ik dacht ervan te mogen uitgaan dat dit gemis minimaal was.

'Zeg me niet dat je nog steeds alleen naar die country luistert...'

Ik luisterde nog steeds alleen naar country, vooral naar het subgenre bluegrass eigenlijk. Om voor de hand liggende redenen liet ik het na dat aan Jimbo uit te leggen.

'Lul.'

'Ja.'

*

Ik besloot alleen nog naar bluegrass te luisteren toen ik voor het eerst de zussen Cox uit Tennessee hoorde zingen. 'Will there be any stars?' vroegen ze zich af, de zussen Cox uit Tennessee, gemakkelijk de twee lelijkste horken ooit. Gemeend. Ik durf te wedden dat ze zelfs bij −10 zweten als twee runderen aan het spit, zo dik zijn ze. De zusjes Cox, jongens toch, die zou je eens bezig moeten zien. Maar als zij beginnen te zingen, dan begin ik te snikken. Ze zingen van die bible-belt-kruis-in-je-reet-onzin, met God hier en heaven daar. Maar godverdomme, ik vergeef het hun. Elke keer hebben ze me bij mijn strot. En ik snik bijna nooit, echt niet. Vroeger wel, nu niet meer. Ergens in het leven zet spijt om al wat je niet en wel gedaan hebt zich vast in je traanklier of zo. En die houdt daar alles tegen. Dan ben je man geworden, denk ik. Dan is het beste voorbij, dan kom je nooit meer thuis met je knieën vuil van het zand.

Op Roys begrafenis heb ik niet gehuild, zelfs niet toen het door mij geselecteerde lied van de zusjes Cox op een veel te laag volume door de kerk klonk. Dat was best vreemd. Ik leek wel de enige die er droog onder bleef, naast Millie, maar die huilt in het geniep, dat weet je zo. Zo zal je zien dat het leven je wel altijd bij de kloten heeft. Je oefent jaren om niet te schreeuwen, en dan, als je 't onder de knie hebt, dan keert het zich tegen je. Typisch. Gertjan, die zat wel goed te snotteren, met de perfecte wanhoop in zijn hondenogen. Gertjan deed altijd alles goed, op het juiste moment. Man, Gertjan kon zo goed huilen dat iedereen er nog twintig keer depressiever van werd. Gertjan, de klootzak, de gelegenheidsacteur. Ik had hem wel door, maar dat kon je natuurlijk niet zeggen. Niet dat hij schijnheilig is of zo, hij is een idioot, maar geen schijnheilige idioot. Dat was het nu net, Gertjan is in theorie een beste kerel, en net daarom zo'n ongelooflijke lul. Hij laat je niet toe hem een lul te vinden. Gertjan zou iemands hond doodrijden en dat op zo'n manier aan het baasje gaan vertellen dat hij uiteindelijk zelf diegene zou zijn die getroost werd. Ik ben op z'n zachtst gezegd anders. Op Roys begrafenis had ik iets wat op de slappe lach leek. Ik kon het niet helpen, het was sterker dan ikzelf. Noem een gevoelige situatie en ik heb haar ooit al verprutst. Niet dat ik de dood van mijn broer Roy om te lachen vond, het is gewoon mijn lot om altijd net het omgekeerde te doen van wat er van mij verwacht wordt.

*

Sam lag een spel met veel kleuren en ontploffingen te spelen in een zetel die er ooit nieuw had uitgezien. Ik had graag gevochten met Sam, omdat hij een eikel is. Vuist tegen tand, bloed op de grond, bloed aan de knoken, hoofdpijn, bloed spugen, denk Clint Eastwood, denk eindeloze zandvlakten. Ik wilde Sam kapotmaken. In plaats daarvan ging ik op een stoel zitten. Soms moet je het leven niet moeilijker maken dan het al is, zeker niet als je bij Sam op bezoek bent.

'Dit is Max, hij verjaart vandaag,' begon Jimbo een beloftevol gesprek. Als iemand je voorstelt met 'hij verjaart vandaag', zet hij je voor lul. Ik weet niet hoe dat bij vrouwen zit, bij mannen is het zeker zo. Jarig zijn is voor jongetjes en huilebekjes. Alleen mongolen worden voorgesteld zoals Jimbo het net voor mij had gedaan. Sams repliek liet gelukkig weinig ruimte voor verdere vernederingen.

'De kids van tegenwoordig zijn maar een bende zageventen,' orakelde de wietboer van de Da Vincilaan. Hij zette er zijn spel zelfs voor op pauze, wat meer dan uitzonderlijk was.

'Op pauze zetten? Een spel? Jij zet een spel gewoon op pauze. Dat vind jij normaal, een spel eventjes, hupsa, op pauze zetten. Zet jij je leven soms ook op pauze misschien? Als jij je lief aan het neuken bent, dan zeg jij: "Wacht even schatje, even op pauze, hoor, ik moet nodig een ijsje gaan eten." Hoe heet jij eigenlijk?'

Dat was ongeveer Sambo's antwoord geweest toen ik bij mijn vorige bezoek had geopperd dat hij zijn spel misschien even op pauze kon zetten om naar Jimbo's nieuwe gitaar te komen kijken. Als ik me het goed herinner. Ik zal het mij wel goed herinneren, vrees ik. Dat de kids van tegenwoordig een bende zageventen waren, moest dus iets zijn waar Sambo al lang mee zat. Nu kwamen Jimbo en ik hier binnen en kon hij zich niet meer inhouden. Het moest eruit. De gedachtestroom die hij al wéken, zo niet maanden in zijn consolekop had afgerold en opnieuw en opnieuw had afgespeeld, die moest nu gedeeld worden. Dit moest het worden, hier kwam een, zo niet geniaal, dan toch minstens ingenieus inzicht. Van Sambo. De man met vier knoppen aan elke hand, hij die tanks omverschoot en vier salto's kon maken met een skateboard.

'Mag ik het nog eens zien?' vroeg Jimbo plots. Opmerkelijk, ik was van Jimbo geen vragende zinnen gewoon. Na de vragen over Elise kwam nu dit. Jimbo was iemand van meedelende zinnen. Als hij al iets vroeg, was het iets in de trant van 'Ben je écht debiel, of doe je gewoon goed alsof?'

Even vreesde ik dat Sambo zijn lul op tafel ging leggen, maar in plaats daarvan stond hij met een diepe zucht op en slofte hij naar de keuken. De keuken van Sambo verging van drinkkartons en blikjes bier die als asbak waren gebruikt. De man des huizes trok een lade open en Jimbo slaakte een soort gil van opwinding. Ik had hem zelden zo wijverig gezien.

Ik had nog nooit een pistool vastgehouden, en ook eergisteren, op mijn eenentwintigste verjaardag, kwam het er niet van. Het ding zag er zwarter uit dan het eigenlijk was, en het leek heel koud en zwaar, zoals bouwmaterialen voor wolkenkrabbers. Ik vond het er nogal lomp uitzien, alsof een tienjarige het in elkaar had geschroefd met een meccanoset. Was dit nu een pistool? Hier kon je de straat mee op lopen en de eerste de beste rukker mee omverknallen. Ik liet Sambo en Jimbo alleen, in die verduisterde woonkamer, die stonk naar zweet en pepdrankjes, en waar de zuurstof werd opgebruikt door een spelconsole. Mensen die keukenlades gebruikten om pistolen in op te bergen konden niet op mijn sympathie rekenen. Elise zou dat ook nooit goedkeuren.

3

Even later was ik op weg naar Elise, en dat lijkt leuker dan het is. Mijn hoofd stond op ontploffen en ik wilde verdwijnen onder koud water. De metrolijn Ferryn-Stavorst staat natuurlijk net niet bekend om z'n rustgevende karakter. Ik stond te wiegen in een zwalpend blik en de airco krijste als een gek. De laatste keer dat die gereinigd was, piste ik nog in het openbaar zwembad. Zwemmen is een goede sport, je traint er al je spieren mee, en de chloordampen maken je immuun voor de zestig andere debielen met wie je het bad moet delen.

Tegen mij aan plakte een bureauvrouwtje dat vijf jaar geleden nog een belofte was, maar nu alleen uitzicht had op een saaie echtscheiding en het kopieerapparaat. Ze zag er moe uit, en je zag haar denken: vieze stomme kuttige schijtmetro, had ik dit en dat zus en zo gedaan, dan had ik in een frisse taxi gezeten, hoog boven de hoofden van deze sukkels. En wat staat die lelijke aap naar mijn tieten te staren? Ik staarde niet, echt niet, ik keek gewoon voor me uit. Naast de vrouw, die we voor het gemak Melissa zullen noemen, stond een oude kerel in een vuile Millet-jas. De stakker. Een dakloze, of minstens een steuntrekker. Ik gok op het eerste, want wie sleurt er anders z'n jas mee bij achtendertig graden? 's Nachts kan het nog altijd kil zijn. Nachten zijn nu eenmaal kil, anders waren het wel dagen geweest.

Aan mijn linkerkant stonden twee Marokkanen in witte polo'tjes van Fred Perry. Marokkanen konden maar beter niet te veel zeveren, dacht ik, maar dat had niets met racisme te maken, ik was gewoon nerveus. Ze roken wel goed, die twee. Gladgeschoren ook. Niet moeilijk als je de baardgroei hebt van een banaan, maar toch. Ik moest het hun nageven: ze stonden er frisjes bij. Ik denk dat het homo's waren, maar dat zeg ik niet luidop. Ik wil niet te burgerlijk overkomen. Ik denk dus dat het geen homo's zijn, maar heteroseksuele kameraden die gewoon graag squashen en dromen van een Smart met een Burberry-paraplu op de achterbank en verwesterde makakenmuzak door de luidsprekers. Da's allemaal oké.

Verder dan de mensen met wie ik een paal deel ga ik niet. Ik kijk meestal omlaag als ik door de stad wandel, of wanneer ik in de metro sta. Types die hun hoofd hoog houden om op je neer te kunnen kijken vind ik maar agressieve eikels. Als ik ze niet zie, dan hoef ik me er ook niet aan te storen. Dat scheelt. We stopten bij de halte Paviljoen. Er klonk metrojazz, een grijze aftakking van de ietwat vrolijkere stationsjazz, en een andersglobalist stond zich interessant te maken door met een paar kegels te slingeren. Melissa, het onbewaterde bureauplantje, stapte uit en krabde aan haar zwetend gat. Krab maar eens lekker door, Melissa, daar knapt een mens van op. Daag, Melissa, sorry dat ik naar je tieten staarde. Ik ben ze alweer vergeten.

*

Tijdens de lange groene lente ging ik weleens roken in een binnentuintje van het ziekenhuis. Hoe zekerder het werd dat Roy die gang niet levend meer zou verlaten, hoe vaker ik daar stond te roken. Het was een vals lapje groen, dat deed alsof het niet langs de vier zijden werd ingesloten door hoge muren. Een koker, dat was het eigenlijk. Een rokerskoker. Misschien hadden zusters die nog nonnen waren hier ooit bedpannen leeggegoten of katoenen luiers aan de draad gehangen. Nu was het een nicotineschoorsteen in het hart van het gebouw. Het was daar dat ik Elise leerde kennen. Ze zat er vaak een boek te lezen, gewoontjes, met haar knieën opgetrokken en een kleur op haar wangen die je normaal niet in ziekenhuizen ziet. Zij was Elise, een vrouwtje met een boek, ik was Max Eugène, de dood die boven zijn broertje hing angstvallig inhalerend, alsof hij daarmee te redden viel. Elise rookte niet, en het was daarover dat ik haar na een toevallige ontmoeting of acht eindelijk durfde aan te spreken.

'Ik kom hier voor de rust,' zei ze plots. Akkoord, technisch gezien had ik haar dus niet echt aangesproken. Maar ik was niet weggelopen, noch had ik als een lafaard naar mijn schoenen gestaard en ik had ook niet gedaan alsof ik haar niet gehoord had.

'Ik ook,' zei ik.

'Mijn buren spelen te luide muziek en in het centrum zijn er te veel mensen. Zo zal dat wel altijd gaan met centra, zeker?' sprak ze.

Het was duidelijk dat Elise geen kalf was. Iemand

met haar beenderstructuur die toch van de massa wilde wegvluchten moest wel de moeite waard zijn.

'Waarvoor vlucht jij?'

Weg van mijn kleine broer, die op vierhoog in een groene gang ligt te sterven, en van mijn oudere broer Gertjan, die, omdat hij een hypocriete kunstenaar is, foto's staat te maken van Roy, die dus op vierhoog ligt te sterven, in een groene gang. Dat wilde ik zeggen. In plaats daarvan zei ik: 'Gewoon, van alles.'

Zij knikte, ik deed hetzelfde. Na de groene gang was er nu ook de groene rokerskoker. Zij las verder in haar boek, ik kroop terug naar mijn gang.

*

Er kwam geen einde aan die rit. Nog vier haltes moest ik wachten, dan die laan met al die kleine dierenwinkeltjes door, derde linksaf en zo rechtdoor tot het pleintje. Wijven en vrouwen in leggings, die wonen in een straat, Elise daarentegen woonde aan een pleintje. Niet zo'n pleintje waar de lokale negers en Mexicanen wat komen basketten of bankzitten, maar een heus technicolorpleintje, waar spontaan een bloem opschiet op de plek waar je hond z'n ding heeft gedaan. Minstens evenveel als op Elise zelf, was ik verliefd op haar wereldje. Een universum waar ik zo graag in wilde wonen. Ik wilde ook een bloem, ook een hondje dat niet naar zijn eigen lul stonk en vele zorgeloze reizen met bijbehorende liedjes die nog nooit van een mineurakkoord gehoord hebben. Weg met mineur en wasgoed dat naar grijze appartementen ruikt. Geef me wasverzachter, Elise. Geef me een eendje voor in bad. Nog drie haltes was ik van haar verwijderd. Ik moest mijn gedachten bij de wasverzachter houden.

*

Het was een avond in de tijd toen avonden nog koel waren. Niet zoals nu, dat je de plakkerige dag maar niet van je af gewassen krijgt. Hoe dan ook, ik woonde nog bij Staf en Millie en zat in de keuken. Bij families die functioneren is de keuken het hart van het huis, bij ons was het gewoon de kamer waar het voedsel verstopt zat. Ik veronderstel dat het daarom was dat ik er zat, een heimelijke nachteter ben ik altijd geweest. Staf kwam thuis en had gedronken. Als je vader een staalarbeider is, en hij komt zat thuis, dan is hij een marginaal zonder toekomst die waarschijnlijk zijn vrouw slaat en zijn kinderen misbruikt. Als je vader een linkse journalist is en dronken de keuken binnenwaggelt, dan is hij gewoon een linkse journalist die het leven helemaal begrepen heeft. Dat vond Staf ook, geloof ik, want telkens als hij gedronken had, sprak hij op een manier die weinig aan de verbeelding overliet, alsof de nuchtere wereld één groot complot was dat je alleen kon doorgronden als je eens goed in de drank gevlogen was. In de ergste periode na de dood van Roy begon ik ook te drinken. Ik ging er helemaal niet beter door begrijpen hoe de wereld in elkaar zat, maar ik snapte wel hoe je gehecht raken kan aan die troebele, schijnbaar simpele blik op de realiteit. Plots is een man weer gewoon een jongen. Staf was inderdaad een eeuwige jongen. Misschien moest ik maar alimentatie beginnen te betalen voor hem. Kon hij een nieuwe broek gaan kopen.

Het was de avond dat Staf me vertelde over de zoektocht naar liefde en het huwelijk als wagen zonder opties. 'Uw moeder, jongen, dat is een Mercedes,' had hij de conversatie, die een monoloog was, geopend verklaard. Wat volgde was een afgrijselijke metafoor die erop neerkwam dat Millie goed was om zonen uit haar oven tevoorschijn te toveren, de strijkdienst te betalen en vakanties te plannen én, zo voegde hij er tot mijn spijt aan toe, je kon er eens goed mee door de bocht gaan. Maar een ziel? Een sportief karakter? Passie? Vergeet het, zei hij, mijn moeder, en ik had al zo'n vermoeden, was geen Alfa Romeo. Dat dat mij in zekere zin opluchtte, probeerde ik nog, maar een zatte linkse pen zet je niet van zijn spoor. Het was daarom, en hij was ondertussen naast me komen zitten om mij mee te laten genieten van zijn mossige adem, dat hij naar opties op zoek was gegaan. Opties die kwamen in de vorm van boeken van Latijns-Amerikaanse filosofen, wijnen met namen die niet klassiek Frans klinken, sjofele schoenen om de Mercedes op haar zenuwen te werken en een stoppelbaard. Maar de mooiste optie, hij had ondertussen een tasje koffie gezet, was zijn Julie, die hij Giuglietta noemde, net zoals een oude Alfa Romeo. De koffie maakte hem iets minder poëtisch.

'Niet voor de seks!' riep hij uit. 'Je moeder zit goed in elkaar, en zit nooit verlegen om een smeerbeurt meer of minder!'

Nee, dat zei hij écht. Even wilde ik overgeven in de vaatbak, maar dat leek me ongepast. Smerig, ook. Nee, zijn Giuglietta, die was er voor de liefde, de melancholie en de herinnering aan iets wat op verliefdheid leek. Na het woord 'leek' likte hij zijn kopje af, zette het bij de rest van de vaat, gaf me een zatte kus en verdween van de scène. Heel kort vroeg ik me af of ik de enige was met een vader die zijn vrouw bedroog voor wat spannende melancholie die hij thuis niet krijgen kon, of dat dit nog maar eens een verbazingwekkend teken des tijds was. Ik vermoedde het tweede, maar concludeerde het eerste. Als je vader een gekke alfisto is, mag je dat tenminste gebruiken om jezelf wat speciaal te voelen, da's minstens fair. Die avond kroop Staf de metaforicus bij z'n Mercedes onder de wol. Van een smeerbeurt is het die avond niet gekomen, denk ik.

'Jij hebt geen hart,' had ik ooit tegen Staf gezegd na zo'n avond. Hij stonk op zichzelf en rook naar een ander.

'Goed, dan kan ik daar al niet aan sterven,' had hij geantwoord. Best goed gevonden, als ik er nu over nadenk. Maar toen deed het mij niet bepaald deugd. Om maar te zeggen, ik ben toen niet in lachen uitgebarsten. Hij evenmin. Hij bleef me maar wat aanstaren met zijn dwaze blik, ik denk dat hij er uitdagend en vrijgevochten wilde uitzien.

'Heb jij in je broek gepist?' was mijn volgende vraag geweest.

'Vetvlekken,' beweerde hij.

'Sletvlekken zeker!' had ik geroepen terwijl ik besefte dat zijn talent voor scherpe replieken niet op mij had afgegeven.

*

Ik wandelde zeker een uur rond in de buurt waar Elise woonde. Straat op, straat af, ik was er al zo vaak geweest, waarom kon ik haar pleintje nu niet vinden? Ze had me de eerste keer mee naar huis genomen na de begrafenis van Roy. Ja, ze was daar. Ik had het haar niet gevraagd, maar toen ik langsging bij het hospitaal om Roys spullen op te pikken was ik haar toevallig tegengekomen. Als je mijn omweg naar de rooktuin om te kijken of ze daar zat toevallig kan noemen, tenminste. Ik had gehuild, daar op het nicotinepleintje dat de zon nooit zag en waar de zombies uit het ziekenhuis op je neerkeken van achter hun schrale ramen. Gehuild als een kind, en Elise stond erbij en keek me aan. Ze nam me niet in haar armen, ze hield mijn hand niet vast en ze zei zeker niet dat alles wel in orde zou komen. Ze stond daar voor mij en hield haar hoofd wat schuin, alsof ik een lang verhaal aan het vertellen was en haar niet de kans gaf om in te vallen. Na een tijdje ben je dan uitgehuild en daar sta je dan met die stomme snik in je ademhaling en een lelijk zakje met de spullen van je dode broer. Voor wie kom je ze eigenlijk halen, vroeg ik me nog af toen ik naar buiten wandelde. Elise bleef in het tuintje, ze wilde nog een hoofdstuk uitlezen. Net voor ik er onder het juk van betrapte schaamte vandoor schuifelde met mijn stomme zakje had ze mijn tranen weggeveegd. Vrij ruw, maar Elises ruw was beter dan andermans zachtaardig.

Na de begrafenis stond ze te wachten op de parking van de dodentuin. Roy wilde begraven worden, niet gecremeerd. Typisch Roy, al die hippieoplossingen voor westers leed, daar moest hij niets van weten. Gertjan en Staf, dat was duidelijk, die konden niet wachten om zich in de fik te laten steken. Al was het maar om nog eens een laatste keer iedereen voor Jan Kak te zetten.

En dus ging ik niet mee met de wagen waarin Staf, Millie en Gertjan verdwenen. Ik ging mee met Elise. We wandelden, wat best vreemd was, want het centrum was een eind weg. Maar algauw kwamen we aan op het pleintje. Ik voelde me leeg, de vertegenwoordigers, loopse honden en ramenwassers op het pleintje bewogen in zachte schokken om me heen, er zat een vuil waas voor mijn ogen en ik hoorde niets door mijn linkeroor. Elise sprak gelukkig in mijn rechter en ze leidde me binnen in haar huis. Ik zou haar tot diep in de zee gevolgd zijn, kon het mij wat schelen. Vraag Millie maar eens waarom ik weinig vertrouwen had in vrouwen, daar wil ik liever niet op ingaan. Ik krijg er instant hoofdpijn van. Mijn liefdesleven leek dan ook meer op een eeuwig verblijf in een donkere kamer samen met een hele berg pillen dan op de felgekleurde, hartbonzende lentetaferelen die zoiets normaal zou moeten opleveren. Niet dat ik de depressieveling wil uithangen, het is nu eenmaal zo.

*

'Opgepast, ik ben Natasja en ik heb mijn vorige vriend verlaten omdat hij me niet in mijn kont wilde nemen. Is dat een probleem voor jou, jongen, je piemel in mijn kont steken?'

Natasja was een bijzondere vrouw. Ik heb het ook altijd zo heerlijk gevonden dat ze mij jongen noemde, terwijl ze in het beste geval drie maanden ouder was dan ik. Hoe oud was Natasja eigenlijk? Natasja had haar kindertijd alleszins overgeslagen. Ze was ooit geboren, had toen al van geribbelde vibrators en rimmen gehoord, en plots had ze haar rijbewijs en moest ze haar benen scheren. Dat was Natasja, ik ontmoette haar na een optreden van Los Perros Muertos in een stad die naar haven en stoere wijven rook. Het optreden had plaatsgevonden in een zweterige kelder van een café dat zelf al geen toonbeeld van frisheid was. Of ik dronken was weet ik niet meer, wat het ergste doet vermoeden.

Jimbo en ik luisterden in die periode naar kletterende punkrock en we scheurden als gekken over saaie provinciewegen, vergeefs op zoek naar kicks achter voorspelbare bochten. We drukten de Subaru Jumpy van Jimbo daarbij zodanig in de rode toerentalzone dat hij op enkele kilometers van een hartstilstand de eer aan zichzelf liet en zich na een laatste pirouette in een gracht wierp.

Het was de zomer na Roy. Een zomer van zatte nachten met vuile barbecues, nog vuilere meisjes en de interessante geur van goedkoop bier dat te lang in de zon had gelegen. Waarom al die anderen het deden, was me eerlijk gezegd een raadsel, maar ik wilde Roy uit mijn hoofd krijgen en houden. Door hem te verdrinken, te verdoven, uit te schelden, te pijnigen met alles wat ik te pakken kreeg. Maar de klootzak bleef natuurlijk zitten waar hij zat. Ik kon zoveel van alcohol en zomerzweet doortrokken nieuwsgierige barsletjes bestijgen en zo vaak met mijn kop tegen de muur slaan als ik maar kon, hij kwam me altijd weer opzoeken. Wat haatte ik Roy toen. Goeie ouwe, dode kut-Roy, mijn liefste broer in de wereld. De kleine rukker had het wel even verpest voor ons. En voor mij uiteraard het meest. En dat zonlicht, dat ziekmakende zonlicht, dat hield nooit op.

Ik had Natasja's achteraf gezien waarschijnlijk eerder retorisch bedoelde vraag beantwoord met de bekentenis dat zoiets voor mij geen probleem zou zijn.

'Jij kent mij nog geen vijf minuten, en je wilt je robbedoes al in mijn achterste steken. Wat een vies ventje ben jij eigenlijk, jongen?'

Mijn robbedoes? Ik wilde helemaal niks. Ik wilde naar huis en slapen, dat wilde ik. Daar zat ik dan met een scheur in mijn broek van het wilde dansen, een hoofdpijn voor gevorderden en een vrouw die het niet verkrijgen van een lul in haar kont iets vond om een gesprek mee te openen. Dan is die scheur in je broek nog het minste van je problemen. Wat is een scheur meer of minder nu in het leven van een mens? Olivier van het Heilandcollege denkt dat anale seks door Brazilianen is uitgevonden. Ik kom daar later op terug. Natasja stelde zich daar die nacht weinig vragen over, mijn robbedoes nog minder. Roy zat me de volgende ochtend op te wachten, samen met een kater en onredelijk scherp zonlicht. Ik was blij toen de zomer voorbij was.

*

Elise had nog nooit iets over haar kont verteld, ik hoopte dat ze dat nog even zo zou houden. Over haar gat had ze het wel. Het gat dat haar badkamer met haar slaapkamer verbond. Ze woonde in een studio. Natuurlijk woonde ze in een studio, waar zouden vrouwen als Elise anders wonen? In caravans of nieuwbouwvilla's misschien? In studio's dus. In studio's aan walt fucking disneypleintjes en nergens anders. De vloeren kraakten krols tot je zou zeggen dat ze er o zo authentiek uitzagen, de muren waren hoog en gingen middels een fantasietje in het plafond over. Het was dan ook enigszins raar dat ze een gat had laten maken tussen de badkamer en de slaapkamer.

'Ik heb een man met een snor hier een gat laten maken, anders moest ik altijd door de keuken om van de badkamer in m'n slaapkamer te geraken.'

Je kunt zeggen wat je wilt, maar bij mij kunnen vrouwen die matige architectuur oplossen door een gat te laten slaan tussen twee kamertjes in een studio van hooguit veertig vierkante meter weinig fout doen. Kon ik haar nu maar vinden, ik zou haar vertellen over Jimbo en het pistool van Sam, over de oude man op de metro en, waarom ook niet, over Natasja. Met Elise kon je alles delen, dat voelde je zo. Even dacht ik dat zij het enige was waar ik echt van hield, maar toen kreeg ik steken in mijn kuit. Daar draait een mens van bij.

4

Omdat blijven zoeken naar iets wat je toch nooit vindt geen zin heeft, en omdat ik moest pissen, ging ik uiteindelijk terug naar Hotel Splendid. Wat was me dat voor een rotte verjaardag. Ik wenste dat ik moe was, dan kon ik gaan slapen. Ik sliep als een baby in het verse linnen van de Spillere's. Op mijn beste dagen sliep ik er in met de gedachte dat ik achter in de wagen van Staf en Millie lag en dat ze mij naar huis voerden. Het was laat en we kwamen terug van een feest of zo. En als we dan thuis zouden aankomen, zou ik doen alsof ik sliep, zodat Staf me zachtjes en giechelend naar bed droeg.

Elke avond legden de Spillere's een ezelsoor in je lakens, om het slapengaan te vergemakkelijken of zo. Ik begreep het nut niet, maar vond het wel leuk. Weinigen beseffen het fijne van totaal nutteloze dingen. Behalve Gertjan, die begreep het natuurlijk weer net iets te goed.

Misschien wilden ze gewoon een reden om in je kamer te komen snuffelen, en legden ze daarom die stomme hoek in je lakens. Italianen zijn een tof volk, maar je moet hun duidelijke grenzen stellen. Dat ezelsoor viel wat mij betrof nog binnen die grenzen. Zolang ze maar geen potjes potpourri op mijn tafel zouden komen zetten. Potpourri is er ver over, onder welke omstandigheden dan ook.

*

Mario Spillere was iemand die graag aan een toog zat, ook in de vroege namiddag. Mario had ruzie gehad met Mevrouw Spillere, een vrouw die ik niet bij haar voornaam durf aan te spreken. Hij zat die ruzie binnensmonds vloekend te verteren. Hij schonk zichzelf achter de toog iets in en ging dan aan de andere kant op een krukje zitten, zoals een gewone klant. Mario had twee dingen altijd: een glimlach rond zijn lippen en een helse rugpijn waar hij het liever niet over had. Omdat het mijn verjaardag was en dat mij eigenlijk altijd wat melancholisch stemt, ging ik bij hem zitten. Mario klonk alsof hij een kind was van Eddy Merckx en Gina Lollobrigida.

Ik denk dat het de vierde keer was dat Mario mij het verhaal deed hoe zijn ouders elkaar hadden leren kennen. Ze kwamen beiden uit een straatarm boerengezin uit Veneto, dat ergens in het noorden van Italië zou moeten liggen, als ik het goed begrepen heb. Mario's moeder kwam uit een ruw nest van harde werkers. Een gezin dat de armoe met fierheid en propere kleren droeg. Mama Spillere was volgens de overlevering een kwaaie rotmeid als kind. Elke dag zou ze op een brugje klaarstaan om strak gekamde klasgenootjes middels een steen die vervaarlijk in een appelsienennetje zwierde tot het opgeven van hun verzorgde taken te dwingen. In het gezin van Mario Spillere's moeder was er geen tijd voor bijzaken als alfabetisme.

Dan was het verhaal van de familie van vader Spillere wel heel wat anders. Die man had zijn vader wel gekend, maar alleen van ver. Toen die vader op een dag vertrok, bleef zijn moeder alleen achter, en zij haalde de ene man al binnen als de andere nog tussen haar benen op adem lag te komen. Mario's pa stonk en had geen gewassen broeken. Hij werkte op het veld. Gelukkig dat ik niet op een veld moet werken, of Jimbo. Die zou na twee geplukte patatten – of wat doe je op een veld – al beginnen over zijn gevoelige huid. Vader Spillere werkte op het veld naast dat van zijn toekomstige vrouw. Het klassenverschil onder armen en een irrigatiegracht van een meter breed scheidden hen. Tot zij hem een kus beloofde als hij met succes over de gracht zou springen. Mario's pa belandde met zijn arme kloten in de gracht. Op dit punt in het verhaal moest Mario altijd hartelijk lachen. Dit was zijn keerpunt, hier was hij de ruzie met Mevrouw vergeten. Moeder Spillere nam de stoere grachtenstormer mee naar huis en gaf hem een schone broek van een van haar broers. Enkele jaren later waren zij zestien, waren de velden opgebruikt en zat Mario Spillere in de baarmoeder.

Mario's verhaal deed me altijd denken aan mijn grootvader de notaris, die zijn vrouw, Mia Warmoerkerken, had leren kennen op de muur die de tuinen van hun statige stadshuizen van elkaar scheidde. Arm of rijk, je vond elkaar gewoon door even over de muur of de gracht te kijken. Ik ben waarschijnlijk veel te laat geboren. Millie en Staf woonden al twee dorpen en een half gehucht van elkaar verwijderd, nu moet je een leuke foto op internet plaatsen en zo leer je misschien een schelpenverzamelaarster uit Hongkong kennen, met wie je samen in Londen gaat wonen en kinderen maakt die van overal maar vooral van nergens komen.

Wel grappig dat hij in die stomme gracht was gevallen.

Mario had zijn verhaal afgerond, dronk zijn laatste glas leeg, stond op, gaf me zijn glimlach en vertrok. Ik benijdde Mario om zijn efficiënte verwerking van gevoelens. Een traan op zijn wang en een in zijn glas, een oud verhaal en hij kon er weer mee door. Misschien moest ik ook eens proberen om twee whisky's te drinken, in plaats van veel meer dan twee. Ik vertel niet veel over dingen die er echt toe doen. Aan Elise zou ik wel een en ander verteld hebben, maar die was natuurlijk nergens te bespeuren. Ik besloot naar mijn kamer te gaan om een dutje te doen. Lekker in het gordijndonker. Slapen als al de rest aan het werk is, in de tuin zit of de buurvrouw aan het neuken is, dat is fantastisch. Het lijkt wel of je heel even uit de stroom stapt. Zet alles maar op pauze.

*

Mevrouw Spillere had de moeite genomen om een opvallende post-it aan mijn kamerdeur te kleven. Ik herkende het handschrift aan die keurige knulligheid waarmee ze ook steeds mijn hotelrekeningen versuikerde. De post-it vermeldde een telefoonnummer en een naam. Het nummer kende ik niet, de naam wel, want het was die van mijn moeder. Je moet al goed weg zijn als je de naam van je eigen moeder niet meer herkent. 'Gebeld voor Max Eugène: Mevr. Millie Ysermans', stond er, en dan het nummer dat ik dus niet kende.

Wat ik niet had moeten doen was dat nummer bellen. Wat had ik dan verwacht? Gelukwensen voor mijn verjaardag? Millie die zei: 'Je bent nu een flinke een-entwintigjarige man die met de erfenis van zijn opa op hotel is gaan wonen, doe zo verder, jongen, ik ben trots op jou'? Een lief woord?

Ik werk met airco-installaties en luister naar country-muziek. Ik ga niet veel moeite doen om uit te leggen hoe het kon dat Millie me vroeg of ik zin had om mee te komen kijken naar een appartement waar zij mis-schien samen met Joost Jonkers in zou trekken. Niets permanents, gewoon om te proberen. Om te probe-ren? Een jeans, een nieuwe smaak confituur of een jas in een gedurfde kleur, die probeer je. Gaan samenwo-nen met je minnaar, dat noem ik niet proberen, dat noem ik gaan samenwonen met je minnaar. Een bij-zonder gevoel voor verjaardagscadeaus kon ik Millie, Doctor in de Psychologie, niet ontzeggen. Zonder te lachen, soms denk ik dat Millie dat bewust doet, als een soort onderzoek. Sterker nog, ik heb ooit echt ge-loofd dat Millie niet echt onze mama was. Dat Roy, Gertjan en ik wezen waren, die ze bij de geboorte in een vies projectje hadden gestoken om louche psycho-logische tests op uit te voeren, een beetje zoals in die film met Jim Carrey. Moest het zo zijn, het zou me in zekere zin opluchten. Op een of andere manier zou ik er normaler door worden.

Maar Millie was echt mijn moeder, daar bestonden albums over, boven op zolder. Een zolder in het huis dat Doctor Millie nu zou verlaten om bij iemand te gaan wonen die Joost Jonkers heet en die naam toch niet laat veranderen in bijvoorbeeld Dirk Jonkers. 'Dit is Joost,' had ze gezegd toen ik Joost voor het eerst zag. Joost Jonkers klinkt dan wel als de broer van Bert Bibber en Piet Pienter, hij was het niet. Ik weet het, want ik heb het hem gevraagd. Net nadat Millie had gezegd dat dit Joost was, Joost Jonkers uit Hazewijk. Hazewijk was de duurste wijk in de groene gordel van de stad. Typisch Millie. Mensen van een zekere oppervlakkigheid zullen altijd wat zij beschouwen als iemands belangrijkste eigenschap achter hun naam plakken bij een eerste voorstelling. Dit is Hans Verbelen, hij is de clubkampioen op Oranjeveld. Hier hebben we Patrick Van Aerschot, investeringsadviseur bij Fortis voor de plus één miljoen. Heb je Alice Hoogenboom al ontmoet, Alice is net partner bij Flikker&Flurk, ze heeft ook een voorkeur voor stracciatella en ze scheert haar initialen in haar poestapijt. Ik zou 't wel weten, moest ik vaak mensen moeten voorstellen.

*

Een van de eerste nachten die ik in Hotel Splendid doorbracht, droomde ik dat Joost Jonkers gestorven was in zijn bad. Zijn bloed kleefde aan mijn handen, maar het was mijn schuld helemaal niet, dat zweer ik. Het ging zo: ik moest langsgaan bij Joost thuis, om het een of ander op te halen voor Millie. Joost woonde in zo'n wit houten huis zoals je ze in Amerikaanse reeksen over leuke gezinnen ziet, het baadde ook in magic hour-licht. Ik belde aan maar kreeg geen antwoord. De voordeur stond op een kier, die ik gebruikte om binnen te geraken. Ik ging de trap op en vond Joost in zijn bad. Wat voor wijf neemt er nu een bad in het midden van de dag, bedenk ik nu. Maar toen in die droom kon het best. Ik vroeg 'm wat, en kreeg een stom antwoord. Hij zat daar wat te lachen in het schuim. Joost had echt een domme kop. Ik denk zelfs niet dat hij iets had gezegd om me kwaad te maken of zo, hij had daar gewoon Joost zitten wezen. Dat vond ik echt om te kotsen, hoe hij daar zat. In zijn schuimbad. Wat een duffe lul. Ik kreeg het zodanig op mijn zenuwen dat ik hem een duw gaf. Een duw, dat was alles. Zoals je een plagerige broer of een zatte nonkel van je afduwt. Maar Joost lag plots met zijn hoofd voorover in het schuim, dat nu rood kleurde. Zijn gezicht en zijn lange haren zaten onder het bloed. Morsdood was hij. En het eerste wat ik dacht was: dat heeft hij me toch weer mooi gelapt. Eerst naait hij m'n moeder, dan regelt hij zijn eigen dood zodat ik de rest van mijn leven achter tralies kan uitzitten. Wie neemt er nu in godsnaam een bad midden in de dag? Door de deur van de badkamer keek ik langs de trap en de hal door de voordeur. Nog steeds speelde dat zomerse zoete licht een alles dempende rol. Alsof mijn droom geregisseerd werd door David Lynch. Het was ongeveer toen dat ik wakker schoot. Geen bloed te zien.

Joost noemde zichzelf J.J., en sprak dat op z'n Amerikaans uit. 'Jay Jay,' zei hij als hij z'n gsm opnam. Jay Jay handelde in scheepsonderdelen. Als een schip ergens in het midden van de fucking Pacific met motorpech te kampen kreeg, dan belden ze Jay Jay, die op zijn beurt weet ik waar in de wereld wel een fabriek kende die nét dat stukje op het schap had liggen en het dan naar dat schip verzond. Jay Jay verdiende daar hopen geld mee. Met de telefoon op te nemen als die overging. Ik had me altijd afgevraagd hoe ze dat stuk dan op zo'n schip kregen, sturen ze een helikopter of een ander schip? Laten ze het droppen door een gestuurde raket? Ik vroeg het hem nooit. Eigenlijk vroeg ik nooit wat aan Joost Jonkers. Wat heb je zoal te vragen aan de minnaar van je moeder? Ik niets. Joost op zijn beurt kon het niet laten vragen te stellen, over dingen die mij met de vraag minder interesseerden. Ik wist niet wat FC Kustdekloten had gedaan tegen Royal Oezbekistan, ik had geen mening over de schommelingen van de euro en ik had al zeker die ene film niet gezien die net in de zalen was en waar iedereen zo vol van was.

De meeste van mijn antwoorden op Joosts vragen waren dan ook van een grote eenvoud en ze telden slechts zelden meer dan één lettergreep. Als neenee of jaja twee lettergrepen zijn, tenminste.

Staf was een egoïst en hij was een vader geweest zoals Dwight Eisenhouwer een bloemschikker, maar hij liet zijn Giuglietta's tenminste niet op zichtbare afstand komen. Millie was anders, Doctor Moeder vond dat zoiets best kon. Ze zou Jay Jay zo naast Staf hebben gezet op een van haar holle etentjes. Millie vond zichzelf heel wat, ze vond dat opvoeding een creatief experiment was. Het leven van een mens duurt maar een knipoog in het perspectief van de eeuwigheid, en in Millies knipoog zat net een goeie prop smeer die haar ervan weerhield ooit een klare kijk op iets te hebben. Ga nooit naar een psychiater. Ze zijn ook maar psychiater geworden omdat ze zelf zo kierewiet als wat zijn, of omdat hun ouders het ook waren, en hen op hun beurt helemaal gek gemaakt hebben. Ik dreigde psychiater te worden, maar ben gelukkig goed terechtgekomen in de aircobusiness. Als mensen helemaal opgedraaid uit hun zoveelste therapeutisch gesprek waggelen, dan ademen ze tenminste frisse lucht. Dat is mijn verdienste.

*

Millie klonk opgetogen toen ik haar terugbelde, alsof ze het niet verwacht had. Als ik iets beters te doen had gehad, bijvoorbeeld door Elises gat kruipen of toekijken hoe Jimbo zijn snaren vervangt, had ik haar ook nooit opgebeld. Ik kon niet slapen. Het was drie uur 's middags en ik was wakker sinds tien, dan is het normaal dat je niet kan slapen, denk ik, niemand zou dan kunnen slapen. Hoewel, ervan uitgaan dat iedereen hetzelfde als jij zou doen of zou denken is volgens een therapeute die ik ooit bezocht heb een teken aan de wand. Ja, voor zakgeld doe je veel op een bepaalde leeftijd, zelfs je ziel prostitueren. Waar het dan een teken van zou moeten zijn heb ik nooit achterhaald, daarvoor ben ik niet lang genoeg in therapie gebleven, wat waarschijnlijk ook wel weer een teken aan een of andere wand zal zijn. Dat in je diepste zelf laten boren goed voor je is, dat is een van de grootste misvattingen van de voorbije eeuw. Ooit zal de geschiedenis dat nog wel uitwijzen, en ook dat haarverf je gevoel voor humor aantast. Kwestie van tijd.

*

Ik werd opgepikt door de cabrio van Millie, graad: Doctor, titel: moeder. Millie hield niet zo van titels, dat is voor mensen die een gebrek aan talent dienen te compenseren, zei ze daarover. Zodra de liftdeuren opengingen en mij de bescheiden lobby van het Splendid lieten zien – er hingen kopieën van bekende schilderwerken – zag ik ze buiten staan. Millie, Jay Jay en de oude Saab Cabrio. Zoals zij dat zo typisch kon, zat ze al zenuwachtig op haar zetel te schuifelen. Ze belde mij op toen ze de lange straat van het hotel in reed, om niet te hoeven wachten. Ik ben niet een van die mensen die zoiets normaal vinden.

Millie reed niet graag met de wagen, dat liet ze liever aan anderen over. Ik heb er altijd een psycho-trucje achter vermoed, dat ze iemand anders laat sturen, maar ondertussen zonder misverstanden beslist waar de rit heen gaat. Nu zat Jay Jay achter het stuur. Had hij zelf geen wagen dan? Of reed hij met een schip, misschien? Ze had hem waarschijnlijk opgepikt aan zijn loft. Ik heb dat nooit begrepen, die lofts, maar laten we het daar nu niet over hebben.

Ik vroeg me tijdens de halve minuut die het duurde om uit de lift, door de lobby – 'Dag, Mevrouw Spillere' – , naar de Saab te wandelen af of Millie bij het oppikken van Joost uitgestapt was, om dan rond de wagen te lopen, of dat ze in haar krappe pakje en minirokje over de middenconsole gekropen was. Het is heet buiten. Het is altijd heet, en daar heeft zij een hekel aan. Doctor Moeder vertrekt thuis vanuit de luchtgekoelde garage, door de automatische poort, en stapt pas uit als ze in de alweer gekoelde parking van haar praktijk is. Onder andere daarom zie je haar nooit zweten. In een tijd waarin iedereen zweet als hondentongen-in-blik is dat een hele prestatie.

*

Ik weet nog toen Staf de Saab voor het eerst de oprit op reed. Staf was een gek, is een gek, die dus gekke dingen doet, zoals een Saab kopen voor zijn Mercedes, in de hoop dat ze wat meer op een Alfa Romeo zou gaan lijken. De Saab blonk van geluk, en Millie ook. Ja, Millie kon toen nog blinken. The wonder years, en al die shit. We zijn toen met z'n allen een ritje gaan maken, maar net toen we het dak eraf hadden gelaten brak een onweer dat je zelden gezien hebt los. Een soort orkaan. Roy was nog maar acht of zo, en draaide zijn keel open. Gebrul op de achterbank, gestress vooraan, sfeer weg nog voor het dak weer dicht was. Ik denk niet dat het sindsdien nog naar beneden is geweest. Geef Millie maar airco. Soms denk ik weleens dat ze te veel aircolucht ingeademd heeft en dat die haar binnenin verkild heeft. Maar dan ben ik vaak goed dronken of depressief of beide.

*

Dus, zo vroeg ik mij af, als ze dan Jay Jay gaat oppikken, zou ze dan echt in een van die apenpakjes van haar door de cockpit kruipen? En denkt ze dan soms aan een dikke, stotende erectie terwijl ze met haar getrainde reet over de pook schuift? En om wiens erectie gaat het dan? Die van Jay Jay? Die van Staf? Die van een stoere neger die ze net gezien heeft? Droomt Doctor Moeder nog van bandeloze seks?

Een vrieslucht en een royaal parfum sloegen me in het gezicht. Millie moest even uitstappen, om me achterin plaats te laten nemen. Aan kloppende erecties denken als je zoon erbij is, dat doe je niet. Zelfs niet als je Doctor Moeder bent.

'Ciao, Max,' zei Joost Jonkers. Ik antwoordde met één lettergreep. We waren vertrokken.

5

Het appartement was van alles te. Te klein, te slecht verlicht, te oud, te hard opgesmukt met te hevige kleuren, te duidelijk op seks gericht. Waarom was ik hierop ingegaan? Moeder Doctor en Jay Jay waren zelfs mijn verjaardag vergeten. Ik was haar zoon, ik mocht nu met de moto rijden en mezelf verkiesbaar stellen, maar zij vond het niet nodig om daaraan te denken. Staf vond verjaardagen vieren maar burgerlijk. Net als een roos op Valentijn of enkel naar het graf van je familie gaan op Allerheiligen. Ik begon in te zien dat Staf in al zijn wilde vrijheidswaan eigenlijk maar een bang, verkrampt mannetje was. Een pestkopje. Vervelend maar vooral onschadelijk.

Joost en Millie stonden te giechelen, ik had maagkrampen en wilde naar buiten. Zo had iedereen wel iets, daar in appartement nummer 23 op de tweede verdieping van een gebouw dat een creatieve bouwpromotor ooit De Zandduin had genoemd. Ik kwam niet op een goeie metafoor voor de relatie van Joost en Millie, behalve dan dat een zandduin misschien heel eventjes aantrekkelijk klinkt, maar dat je algauw weer beseft dat er op een zandduin geen fuck te beleven valt. Naar de kust ga je ook alleen maar in een kortstondige staat van zinsverbijstering, net zoals je honderd euro op 19 zet bij roulette of een trut van Artsen zonder Grenzen je rekeningnummer geeft, in de hoop dat ze je dan innig zal zoenen, daar, in het midden van die winkelstraat. Ik ben nooit gezoend door Artsen-zonder-Grenzenmeisjes, dat is weer iets waar ik me zorgen over kan maken.

De Zandduin gaf zicht op een ander gebouw, dat misschien wel De Zee heette, maar er zo alleszins niet uitzag. Mensen met creativiteit als hobby, wat een beschamend circus. De uitrusting van dit appartementje bestond uit een bed en een koffiezetapparaat.

'Jumpen en dumpen,' zei Jimbo vroeger over lichamelijke uitwisselingen met het andere geslacht. Jimbo kwam nooit tot jumpen, zoveel mag duidelijk zijn, waardoor hij zich maar meer en meer liet gaan in dit soort contraproductieve motto's. Ach, Jimbo, domme hond, wat ben je toch een beste kerel.

Joost zat duidelijk al met zijn gedachten bij het bejumpen van Millie, wat een weinig inspirerende gedachte was.

'Wat vind je ervan?' vroeg Doctor Moeder, alsof het over een bessentaart ging.

'Niet erg veel licht.' Niet erg veel licht, dat zei ik, zonder gelal. Mijn moeder nam me mee om samen met haar minnaar naar een neukflat te gaan kijken, en ik deelde met haar mijn idee over de inval des lichts. Had ik al gekotst, of moest ik het nog doen? Millie zag er angstaanjagend uit, met een blinkende neus en rode kaken. Een opgedraaide tiener, een teef met een vers bot, hormonen met attitude.

Jay Jay was aan het telefoneren. Hij verdiende vast een maand of drie huur met dit telefoontje. Was Millie dan echt zo teleurgesteld in Staf omdat hij nooit veel poen had verdiend? Was de wereld zo eenvoudig? Het zou ergens weer een geruststelling zijn, maar ik geloofde het toch niet. Het moest meer zijn dan dat. Misschien kreeg Staf 'm niet meer recht, misschien had hij zichzelf leeggereden met Giulia en andere Alfa's, misschien vond hij de Doctor niet meer aantrekkelijk, misschien wilde hij sterven in een bos.

Ik verdrong de gedachte dat het iets met Roys dood te maken zou kunnen hebben. Moeder verliest jongste zoon, vervolgens ook de controle over haar leven, dat overigens helemaal om controle draait, wil vluchten van haar ondergang, springt op iets nieuws. Het klopte niet, of het klopte wel en ik kon het mezelf niet goed uitleggen, dat kan ook. Ik hoopte maar dat het niets met Roy te maken had, dat was alles. Omdat ik in dat geval aan haar en aan mezelf zou moeten toegeven: doe maar. Ik begrijp je, moeder, doe maar. Neem dit appartement dat toch nooit licht wil zien, maak het bed lekker op, trek iets lekkers aan en neuk je te pletter met een man die rijk wordt door te bellen met boten. Dat is oké, ik mis Roy ook. Doe maar, zet je tasje koffie op de Krups die het vorige stampertjeskoppel hier achterliet, goed beseffende dat ze nooit nog samen koffie zouden drinken. Ik ben blij voor je, en ontroerd dat je in dit lelijke flatje het oplichten van een nieuwe toekomst ziet, en niet de huilende restanten van verneukte hoop. Doe maar.

Ik heb de neiging na een menslievende vlaag altijd om te slaan naar het andere uiterste. Is dat een ingebouwde veiligheid, een zekering? Ik weet het niet, en ik ben er ook niet fier op. Dat doet er ook weinig toe. Zo gebeurde het alleszins dat ik na mijn gemijmer een traan voelde opwellen, en dat maakte me bepaald boos. Niet omdat ik niet wilde huilen, maar omdat ik de scène die eer niet wilde betuigen. Ik had niet gehuild aan de kist van Roy, ik zou zeker niet huilen voor het koffiezetapparaat van Doctor Moeder. Ik riep mijn tranen weer naar binnen. Dat ze allebei konden rotten en dat ik ze haatte en dat ik dit en godverdomme dat, en ik trapte ook nog een gat in een goedkope deur, en toen stormde ik de trappen af. Ik lieg niet als ik zeg dat ik op dat moment liever trappen was blijven afdalen tot ik ergens diep onder de grond een deurtje in kon gaan dat je maar langs één kant openen kan. Ik zou mezelf in de grond gedraaid hebben, gewoeld als een kolkende gek. Ik wilde zelfs niets meer verwoesten. Hier, neem mij maar, zou ik geroepen hebben tegen alles wat me pijn wilde doen. Nu klinkt dat wat overdreven, maar zo voelde het op dat moment. Ik vergat zelfs even dat eeuwigdurende gedreun in mijn hoofd.

Toen ik uiteindelijk De Zandduin uit liep en zonder opkijken een druk kruispunt overstak, kwam ik in een parkje terecht. Er stond een speeltuin waar geen kinderen bij hoorden, en een lelijk kunstwerk was besmeurd met tags, opgedroogde rochels en bruine doofplekjes van vermoedelijk zelfgerolde sigaretten. Ik voelde me net zo'n marginaal uit een reportage over de achterbuurten, die met blokjes op zijn gezicht en een metalen stem getuigt hoe hij aan groepsverkrachtingen deelnam toen hij twaalf was. Dit leek me wel een buurt waar Gertjan zich zou kunnen nestelen. Toen deed ik iets wat niemand had verwacht. Ik riep een taxi.

*

Ik hoopte in zo'n taxi terecht te komen die al tientallen jaren door de stad rijdt en meer persoonlijkheid uitstraalt dan de meeste mensen die er plaats in nemen. Zo eentje met een brede bank in bruin nepleer, een verwarming die of uit of gloeiend staat, een dikke Pool in een winterjas die je met een veel te grote omweg naar je bestemming brengt. Deels omdat hij het geld nodig heeft om zijn lastige vrouw een nieuw paar schoenen te kopen, deels omdat hij de weg niet weet. Misschien hoopte ik gewoon dat ik in New York zou binnenstappen. Tot mijn spijt werd het een Mercedes. De chauffeur was goed geschoren en had evengoed een voetbaltrainer of een biologische landbouwer kunnen zijn. Wat een teleurstelling. Ik had op deze verjaardag tenminste een constante: alles viel tegen. Als je dat weet, is het eigenlijk niet zo erg meer.

Ik moest in feite nergens heen. Ik had evengoed kunnen wandelen, of een ritje kunnen maken met de metro. Maar ik wilde eens wat anders, ik wilde een hoer tegenkomen en met haar Adam en Eva gaan spelen in een hotel dat je daarna nooit nog terugvond. Of een oude hond volgen tot je ergens aan een kanaal staat en een kind je aanspreekt in een dialect dat je niet begrijpt. Nu ik een man was geworden, wilde ik de wereld opnemen in mijn mannenlijf. De Himalaya, Sao Paolo en Kentucky, ik wilde het in mijn huid. Typisch genoeg kreeg ik Jan Klaassen, die geen woord sprak en zijn Mercedes middels een geel stukje karton naar vanille liet geuren. Net toen ik besloten had dat Jan Klaassen de saaiste taxichauffeur van de ganse stad was, verscheen Elise rechts van mij, in de massa en in een rood jasje. Wat is dat toch met leuke vrouwen en rode jasjes?

Zet me hier maar af, sprak ik de saaie voetbaltrainer toe. Dat ging niet, zei hij, want er was geen plaats om te parkeren. In New York hadden ze wel plek gevonden, dacht ik. Ik vroeg Jan dan maar om te vertragen, wat hij deed. Ik liet me zakken en spiedde als een kind door het raam. 'Wat is ze mooi.' Het zweet stond in mijn reet en ik dacht dat Jan Klaassen me voelde blozen. Ik besef hoe naïef 'wat is ze mooi' klonk. Op dat moment, in de taxi van Jan Klaassen, besloot ik heel even naïviteit te omarmen. Zoals ik als kind weggevoerd werd door de wagen van Staf en Millie. Hoe ze tipsy stoeiden met elkaar na een feest, hun pogingen om ons niet te wekken die telkens uitliepen in onderdrukte lachsalvo's en gemoedelijk gehinnik. Elise zag er ook naïef uit. Het meisje in de stad, Roodkapje in het woud. Ik dacht er even aan om het raam open te draaien en haar naam te roepen. Mensen zouden me boos aankijken, of mijn hoofd van mijn romp rijden. In geen van die twee dingen had ik zin. 'Op zijn eenentwintigste verjaardag werd Max Eugènes hoofd eraf gereden,' zou te mooi letteren in de kroniekpagina's van de krant. Dat gun ik ze niet. Niet met mij.

Jan Klaassen moest beslissen of hij links dan wel rechts afsloeg. Hij kon me wat. Elise kwam aan bij een metrostation, waar ze haar fiets had geparkeerd. Zij reed op een fiets in een stad als deze, was ze niet fantastisch?

'Is ze niet fantastisch?' vroeg ik aan Jan Klaassen de chauffeur.

'Luister, kerel, ik draai rechtsaf. Als de klant het niet weet, sla ik rechts af.'

Jan Klaassen was een man met ijzersterke principes waar ik niet tegen in wilde gaan. We gingen rechtsaf. Elise niet, ze verdween achter een lelijk bankgebouw. Ik vond het niet eens erg, ik had haar gezien en dat was net zoals met haar gepraat te hebben. Nu kon de dag weer verder, richting nergens.

Het heerlijke aan van een vrouw houden is dat je de dag kan laten vertragen, om even bij haar te zijn. Dat moet niet te lang duren, anders kan je beter een huisvrouw nemen, of een kat. Dit had net lang genoeg geduurd. Ze was verdwenen op een moment dat ik nog lang niet genoeg van haar gezien had. Dit was perfect. Jay Jay en Millie lagen o zo ver achter mij.

'Zet me af aan het station, Jan Klaassen,' sprak ik kordaat.

'Ik heet Herman,' repliceerde Jan Klaassen bitsig.

'Zet me nu maar gewoon af.'

*

De rest van de weg naar Hotel Splendid wandelde ik. Millie had me ondertussen twee keer proberen te bellen op mijn gsm. Dat vond ik te weinig. Eén keer bellen zou een te flagrant teken geweest zijn dat het haar eigenlijk weinig kon schelen waar ik heen was. Twee keer, tja, dat was hetzelfde als één keer bellen, plus één voor de beleefdheid. Een moeder die ongerust is belt zevenhonderdtachtig keer, die mobiliseert de brandweer en het leger. Ik bedacht dat Jay Jay waarschijnlijk al aan het oorlelletje van Millie hing bij haar tweede belpoging, zo'n vrijersflatje moet je toch al doende kunnen beoordelen. Jay Jay was een zakenman, die liet zich geen kat in een zak verkopen. Vreemd genoeg vond ik dat niet eens een vieze gedachte. Moest ik een minnares hebben, ik zou ook niet zomaar het eerste het beste appartementje huren. Zelfs in een relatie die volledig op passie drijft, moet een zekere ratio opgehouden worden, voor het veiligheidsgevoel. Dat vond ik nog het meest beangstigend: Millie en Jay Jay die rationeel over iets zouden praten. Alsof ze het meenden. Toen vroeg ik me af waar Staf zou uithangen. Op café, of toch maar in een bar?

Ik wierp mijn gsm in een groene stadsvuilnisbak. Een lul in een goedkoop pak zag me, en deed geen moeite om zijn verbazing te verbergen. Hoewel, het was eerder verachting. Zoiets doe je niet, een gsm zomaar weggooien. Hij keek me aan alsof ik op dat eigenste moment besloot mijn leven weg te smijten. Ik werd toch nooit gebeld. En zo had ik op mijn verjaardag toch iets gedaan. Morgen zou ik tegen Jimbo zeggen dat ik m'n gsm had weggegooid, hij zou me daarop uitlachen en me een wakke lul noemen. Daarna zou hij een nieuwe cd opleggen van een band die Shit In

Your Plate of zo zou heten, en dat helemaal de max vinden. Op dat moment zou ik me gelukkig voelen, op dat moment in Jimbo's donkere FBI-kamertje zou ik het geluk oogsten van wat ik net gedaan had.

6

De rest van de dag bracht ik in bed door. Max Eugène Venkenray en Hotel Splendid proudly present: a birthday in bed. Dat was het dan geweest. Ik had het wel kunnen weten, na die veel te lauwe karnemelk, en die boze blik van die serveerster. Zou ik haar bellen om samen opgejaagd te neuken? Zou ze dan na afloop meteen de lakens kunnen vervangen? Zou ik de dag opnieuw beginnen met een ander glas karnemelk? Zou ik haar overgieten met lauwe karnemelk? En ook: word ik gek?

De laatste tijd had ik weer last van mijn doodsgedachte. Dat klinkt erger dan het is. Ik ga net inslapen, of ik word net wakker, en dan denk ik aan alle dingen die ik fout heb gedaan, iets wat ik gezegd heb, een gedachte die de voorbije dag in me was opgekomen, en dan voel ik me zo'n idioot dat ik volledig krimp tot een soort autistische foetus. 'Max Eugène Venkenray is doodgeschoten,' hoor ik dan iemand zeggen, en dan een schot. Ik laat me gewoon afknallen, om al de pijnlijke gedachten te overstemmen. Eens ik dan ben neergeschoten en een zware, zakelijke stem dat gemeld heeft, kan ik weer verder. Dan herrijs ik en kan ik rustig slapen, of naar het werk vertrekken om daar grappen te maken over dikke tetten en snelle auto's. Op erge dagen zou ik mezelf een keer of drie moeten afschieten, maar dat is nogal uitzonderlijk. Nu kwam ik er met één schot van af. Ik dacht aan de rit in de Saab, van het Splendid tot De Zandduin. Ik had gezegd dat het best een mooie dag was om te wandelen, wat bevestigd werd door Jay Jay en Millie. Ik had er dus niets anders op gevonden dan, op weg naar het vogelnest van mijn moeder en een flurk die Jay Jay heet, over de wandelgeschiktheid van de meteorologische situatie te beginnen. Daarvoor verdiende ik een schot. 'Max Eugène Venkenray is doodgeschoten!'

Ik lag net in te dommelen met de geruststellende opwinding rond de rode jas van Elise en met het parfum van Millie nog in mijn neusharen, toen de telefoon ging. Het was Gertjan. Toegegeven, héél even dacht ik dat hij aan mijn verjaardag had gedacht.

*

'Max Eugène, ik sta in jouw winkelcentrum, en zelfs de geur van jullie koffie is hier voorverpakt.'
Gertjan kon als geen ander een gesprek openen. De 'jouw' en 'jullie' betekenden dat de uitwassen van heel het kapitalisme sinds de jaren waarin het kapitalisme ontstaan is tot op heden op mijn schuldpost weg te schrijven waren. Ik ging er niet op in. In een flits vroeg ik me af waarom ik me altijd als de grote broer moest gedragen. Ik moest niet veel verbeelding gebruiken om te zien hoe hij daar stond in zijn vuile stofjas, nippend van een kopje koffie dat hij vasthield alsof het uit iemands reet kwam.

'Ik ben gekomen om je te vertellen over mijn volgende en meteen ook laatste project, Max Eugène. Ik heb jouw hulp nodig.' Op dit moment begon ik te zweten en wierp ik de lakens van me af.

'Gekomen? Je hebt me toch gewoon opgebeld?'

'Wat zeg je, Max Eugène?' Gertjan liet geen kans onbenut om mij mijn naam onder de neus te smeren. Niet dat hij het deed om mij te kloten of zo. Gertjan was nu eenmaal zo. Juist was juist, zonder gezever. Daarin leek hij wel wat op Millie. Geen behoefte aan gefrunnik. Mensen als zij snijden gewoon de grote vlakken uit, loodrecht en gaaf afgewerkt. Ik blijf ondertussen maar sukkelen met een krulletje hier en een boogje daar.

'Dat je mij gebeld hebt, je bent... laat maar.'

'Jij bent een rare, Max Eugène.'

'Ja, Gertjan, ik ben de rare.'

'Je slaapt toch genoeg?'

'Ik doe niet anders.'

'Te veel slapen is ook niet goed.'

'Nee, dat is waar.'

'Herinner jij je Kerel en 44 nog?'

*

Hoe lang het precies geleden is, herinner ik mij niet. Maar in Amerika hield Michael Jordan de Chicago Bulls aan de leiding, Madonna was nog heet en Kylie Minogue was dat nog niet. Staf kon ook nog in zijn zwembroek, en samen met mijn twee broers op dezelfde kamer slapen stond nog gelijk aan plezier en avontuur. Spanje klonk toen nog als castagnetten in plaats van als Ibiza. We roken allemaal naar olievette huid en de luie zee zat ons in de haren. Millie en Staf kwamen tot rust, wij drieën raakten opgewonden over elke granisado of stevige golf die er te scoren viel. Dat het dorpje soms stonk naar rottend vuil en ouwe vis kon daar niets aan veranderen. Dit was de geur van vakantie en wij inhaleerden hem diep. Onze bedjes moeten gekraakt hebben onder het zand dat 's nachts uit onze plooien glipte, we droomden nog jongensdromen en onze knieën waren altijd vuil.

Omdat ik de foto's gezien heb weet ik nog dat we vrij uit ons hotel konden lopen, over een straatje waar geen auto's reden. Dan moesten we alleen nog een klein pleintje over en daarachter lag het strand. Ik weet niet hoe het komt, maar als kind leken al die dagen anders, altijd andere kleuren, nieuwe avonturen. Terwijl het toch steeds weer opnieuw om diezelfde stomme zee en dat makke zand ging. Millie en Staf lagen op een bedje en hielden met een klepje de zon uit hun ogen. Millie las, Staf schreef. Millie las nooit wat Staf schreef en Staf vond Millies boeken waarschijnlijk maar hoogdravende snoeverij voor een verdwaalde elite. Maar dat wisten wij niet, en zij zaten nog in de periode dat ze zulke dingen niet luidop tegen elkaar zeiden. 's Avonds aten we op een van de terrasjes in de straat waar geen auto's reden. Mijn broers en ik waren dan moe, maar morgen kwam er altijd een nieuwe dag, en wie kon ooit raden wat die ons zou brengen. Meer zand en meer zee natuurlijk, maar dat wilden Roy, Gertjan en Max Eugène Venkenray toen nog niet geweten hebben.

Die vakantie in Spanje is de laatste die ik mij kan herinneren zonder heel lang heel erg stil te worden. Ik zou zo graag terug willen naar die dagen op het strand, toen Roy nog cowboy wilde zijn en Gertjan nog geen bourgeoismarginaal was geworden. Toen Millie en Staf nog mama en papa waren. Ik herinner me de baas van het hotel, die zong soms tijdens het avondeten. Hij had iets van een clown en je kon hem nooit betrappen op een serieus gezicht. Staf en Millie hadden er de pest in als hij begon te zingen. De oudjes en de kinderen zouden dan in een stoet door het hotel trekken om samen vrolijk te zijn. Soms denk ik weleens dat ik in Hotel Splendid blijf om iets van die tijd terug te voelen. Maar soms denk ik ook dat ik een leeuw ben, en dan brul ik heel het hotel wakker. Om maar te zeggen: wat heeft het voor zin, al dat gedenk.

Dat Gertjan uiteindelijk kunstenaar zou worden was eigenlijk al duidelijk op onze kindervakanties in Spanje. Hij at zand en vond dat lekker. En hij probeerde zijn eigen schaduw te vangen, zoals Peter Pan.

'Gertjan vertoonde al van jongs af aan tekenen van het peterpancomplex,' zou Millie nog honderden keren grappen als er geleerde mensen op bezoek kwamen en het moment gekomen was dat er wat met het eigen gebroed werd gelachen. Dat was meestal tussen de hoofdschotel en het dessert, wanneer de dassen al wat losser zaten en het tafelkleed last kreeg van rimpels en vlekken. De geleerden zouden dan schuddend honen en Gertjan zou aansluitend naar bed gestuurd worden, hij had zijn nummertje opgevoerd. Millie nodigde uitsluitend geleerde mensen uit, en haar grappen dienden alleen om de absolute bijzonderheid van haar kinderen in de verf te zetten. Zeker Gertjan, hij was zo bijzonder. Kunstenaar, mijn gat. Ik vermoed dat Staf zo'n voortijdig peterpancomplex wel kon appreciëren, hij was op dat vlak immers de grote roerganger. Roy daarentegen, dat was geen onnozele Peter Pan, dat was geen bijzondere klotekunstenaar. Ik weet niet wat Roy geworden zou zijn. Ik denk daar vaak over na, maar ik vind geen beroep dat goed genoeg is voor hem. Telkens vind ik wel iets wat mij niet aanstaat. Misschien was hij een goeie leraar geworden. Niet een van die schijnheilige zakken die hun eigen verloren dromen in jou weerspiegeld zien en je daarvoor bij elke gelegenheid droog in je reet pakken. Nee, dan een echte leraar, die met een leuke fiets naar school komt en voor wie leerlingen respect hebben, van wie de meisjes de naam op hun meetlat krassen.

*

Gertjan woont nu in Holberg, een wijk onder het winkelcentrum. Hij is een aansteller, want in Holberg woon je alleen als je er moet wonen. Steuntrekkers in felle jassen, bijstandsgezinnen met vierenveertig kinderen en twee honden, hoeren, krakers, en burgerlijke lullo's die de kunstenaar willen uithangen, zoals mijn oudere broer Gertjan. Alles is hier echter, zegt hij daarover. Gezever, alles is gewoon vuiler. Mensen als Gertjan kennen het verschil niet tussen vuil en echt, rotzooi en authenticiteit. Hij vindt mij maar een snob, omdat ik in een hotel woon. Dat ik tenminste werk, zeg ik dan, waarop hij begint over het systeem en de eenentwintigste-eeuwse slavernij of zo. Soms begrijp ik hem niet. Is tussen een bende kansarmen gaan wonen dan zo'n sterk statement? Het zal wel aan mij liggen, omdat ik een mongool ben uit het VTI en aan airco-installaties sleutel om mijn dagen te vullen, maar ik vind die hedendaagse kunst maar vals gezeik. Op het Heilandcollege kreeg ik les van Guido Van Looy, een man met een baard en een lach om u tegen te zeggen, en die haalde de betere shit boven. Schilderijen en beelden die leken te bewegen, die me iets vertelden, alsof de maker één beeldje uit een film had gehaald en zo toch het hele verhaal kon vertellen.

Gertjan daarentegen, die doet dingen met cavia's. Ik wou dat ik dat om te lachen kon zeggen, maar het is helaas de waarheid. Hij vindt cavia's de exponent van onze tijd, of zoiets. Onnodig te benadrukken dat Gertjan compleet gek is. Hij plant altijd van alles met die cavia's, maar ik vermoed dat hij meer tijd besteedt aan het bedenken van geniale concepten dan met cavia's kweken of ze te eten geven.

'Ik maak cunst, met de grote C van cavia,' had hij me ooit toegesnauwd. Gertjan was een man die niet licht ging over het belang van kleine knaagdieren. Hij kon daar heel mediterraan over worden.

Soms kom ik in Hotel Splendid weleens vrienden van Staf en Millie tegen, en als die vragen wat de oudste nu doet, dan zeg ik dat Gertjan in de small pets business werkt. Die mensen mompelen dan doorgaans dat daar goed in verdiend kan worden. Gertjan, die schijt geld, denk ik dan.

74

*

Ik herinnerde me Kerel en 44 nog. Kerel en 44 waren de cavia's die Gertjan en ik ooit kregen, toen we met Millie en Staf een dierenmarkt of zo bezochten. De mijne was Kerel, Gertjan had de zijne 44 genoemd. Ik wil zelfs de moeite niet doen om me te herinneren waarom. De zot.

'Kerel en 44 zijn de synthese van onze tijd, Max Eugène.'

'Fijn. En ik die dacht dat ze al vijftien jaar dood waren.'

'Hang de wijsneus niet uit, Max Eugène.'

'Oké.'

'Max Eugène?'

'Wat.'

'Hang de wijsneus niet uit.'

'Oké.'

Het was de eerste keer in mijn leven dat Gertjan me opbelde. Hij haatte telefoons al even hard als winkelcentra. Zou hij het eerst op mijn gsm geprobeerd hebben? En zou iemand dan geschrokken zijn van een rinkelende vuilnisbak? Vast niet, Gertjan had een hekel aan gsm's, nog meer dan aan gewone telefoons. Niet alleen dat, Gertjan was ook tegen tv, internet, mp3-spelers, draadloze elektronica, extensions en al de andere dingen die sinds wo 11 nog maar de schijn van populariteit hadden gekend. Behalve z'n computer, waarop hij allerlei caviagerelateerde plannen maakte. Dat kon dan weer wel. 'Laten we het niet hebben over de noodzakelijke kwaden van onze tijd, Max Eugène,' had hij geantwoord op m'n vraag of het bezitten van een pc wel strookte met zijn principes. Ik was er toen niet op ingegaan. Ergens op ingaan, dat strookte dan weer niet met míjn principes.

'Twee dertig voor een gehandicapte koffie en dan geven ze je nog maar één suikertje,' sprak de kunstenaar.

Ik wist meteen waar hij zich bevond. Onder de roltrappen die de eet-en-drinkverdieping verbonden met de begane grond, waar vooral kledingzaken en zo waren. Hij had z'n koffie waarschijnlijk gekocht bij Happy Danny's, een fluokeet met tafeltjes die je willen doen geloven dat je ergens van Route 66 bent gesukkeld. Het verbaasde me dat Gertjan net daar z'n koffie was gaan kopen.

'Naast die dikke met haar roze polo kan je van alles bijnemen. Suiker, melk...' Ik kende mijn terrein blindelings. Het was zondag, dus Fleur zou aan het werk zijn. Die dikke Fleur kreeg altijd de ongelukkigste werkuren. Andere dagen werkte Chris, ondanks haar uniseksnaam best een sappige mokkel. In dat roze polo'tje. Op Chrisdagen ging ik steevast om extra suikertjes. Als Fleur werkte iets minder. Ze had een geur, ons Fleur. Daarom noemde ik haar soms de Steur. Dat was vrij flauw, maar ik deed het toch.

'Ja, als de zeekoe ze al niet allemaal heeft opgesnoven.' Gertjan had de gewoonte te overdrijven in zijn grappen, waardoor ze in negen van de tien gevallen mislukten. De tweede fout die hij maakte was er telkens zelf om te lachen. Erg onnozel, maar het is je broer, dus je lacht een eindje mee.

Al snel was ik uitgelachen. Gertjan ook, hij onderlijnde dat met: 'Ter zake, nu.' Ik wilde opleggen om mijn verjaardag verder uit te soezen, maar dat werd me niet gegund.

'Ik heb jou nodig, jij kent het terrein en hebt toegang.'

'Tot wat, welk terrein?'

'Het Hoogstraat Shopping Center.'

'Wat wil je doen, Gertjan? Als dit leidt tot scènes waarin jij in je bamboekleren winkelende gezinnen komt lastigvallen, zou ik het gesprek nu willen beëindigen.'

'Wat hadden we afgesproken over de wijsneus uithangen, Max Eugène?'

'Maar wat wil je dan?'

'Beeld je in: duizenden bezoekers, honderden winkels, de brede wandelgangen, de parking, de plantentuin – die trouwens van plastic is –, enfin alles, tot Happy Danny's en de vetplooien van de roze olifant: alles vol!'

'Vol wat?'

'Cavia's natuurlijk!' Hij slaagde erin dat antwoord oprecht verontwaardigd te laten klinken, wat ik opmerkelijk vond.

'Cavia's! Natuurlijk! Wat anders?'

'Is dat sarcasme?'

'Nee.'

'Sarcasme doodt elke dag honderdduizenden, Max Eugène, ik hoop dat je niet besmet bent.'

Gertjan gaf me enkele seconden om de impact van zijn woorden ten volle te absorberen.

'Cavia's, dus.'

'Ik heb er al tweeënzeventig, maar één ervan ziet er dood uit. Ofwel is hij echt lui.'

'Tweeënzeventig cavia's? Dat is...'

'Veel te weinig, ik weet het. Maar ik heb de resources om snel aan veel meer te geraken.'

'De resources?'

'Doet er niet toe, punt is dat ik jouw hulp nodig heb om toegang te krijgen. 's Nachts.'

Even bleef het stil. Noem het een verwerkingspauze. Millie en de seksflat, Gertjan en de cavia's, geen Elise, en Jimbo die de loop van Sambo's pistool lag te pijpen: ik begon te beseffen dat ik dit niet langer een goeie dag kon noemen zonder mezelf belachelijk te maken. Ik haalde adem. De telefoon was warm van de wrijving tegen m'n oor. Plots was alles vies, een vossig hotelkamertje met een warme, smerige telefoon.

'Ik heb helemaal geen toegang, Gertjan, ik word binnengelaten door een kerel van de beveiligingsmaatschappij.'

'Het mankeert jou aan goede wil, broertje.' Als hij me broertje ging noemen, was het oppassen geblazen, hij bereidde zich voor.

'Begrijp je het dan niet?' Natuurlijk begreep ik niet waarom hij een kolonie cavia's in een winkelcentrum wilde loslaten.

'Dit is voor Roy, broertje, we doen dit voor Roy.'

Ik begon te zweten en wilde Gertjan toeblaffen dat hij zijn smerige bek moest houden over Roy. Als ik het pistool van Sam bij me gehad, had ik hem door de telefoon aan stukken geschoten. Bang! Bang! 'Gertjan Venkenray is doodgeschoten.' Wat had een opperbeste kerel als Roy nu met die vuile kuttecavia's te maken. Ik stond op uit bed en probeerde tot twaalf te tellen. Ze hadden me ooit geleerd om in situaties van stress kalm tot tien te tellen. Tien was nooit voldoende geweest voor mij, ofwel telde ik te snel.

'De cavia is toch het symbool van het warme gezin, Max Eugène, denk aan Kerel en 44, maar tegelijk ook aan...'

'Stop, Gertjan.'

'Max, luister: cavia's zijn wegwerpgeluk. De ene dag gekoesterd, de volgende sterven ze in hun eigen stront. De cavia hoort in substituut-huizen, zoals winkelcentra, vakantiedorpen, ziekenhuizen, bioscoopcomplexen of hotels. Ook jouw hotel.'

'Mijn hotel?'

'Waarom woon jij in dat hotel, Max Eugène?'

'Om op mijn gemak te zijn?'

'Fout!'

'Fout.'

'Om van de moederlijke last af te zijn, waarom anders?'

'Eh?'

'Een hotel is moedervrij, broertje, het zijn jongenskamers waar geen mama kan binnenkomen zonder kloppen, in jouw hotel ben jij vader, moeder en zoon tegelijk.'

'Gertjan...'

'Ja?'

'Ik begrijp hier echt de kloten van.'

'Da's niet erg.'

'Ik wil wat rusten nu, 't is mijn verjaardag en zo...'

'Wist ik wel. Proficiat, als je daar waarde aan hecht.'

'Wat?'

'Ga maar rusten, Max Eugène.'

'Doe ik.'

'Slaap wel, broertje, ik bel je nog in verband met het project.'

'Oké.'

'Dag.'

'Dag.'

Eerst huilde ik zonder te tranen, daarna bleef ik op mijn bed liggen om bij te komen en uiteindelijk kleedde ik me aan om beneden een kop koffie te gaan drinken. Maar met de deurknop in mijn hand vond ik geen antwoord op de vraag: waarom doe ik het toch? Uiteindelijk viel ik in slaap met mijn kleren aan, ik was te moe en te zeer in de war om me zorgen te maken. Dat was mijn geluk op mijn eenentwintigste verjaardag: ik viel zonder zorgen in slaap. Moe, als een kind. Ik haatte niemand. Gertjan zeker niet, omdat hij maar een idioot was. Cavia's... Maar zelfs Millie niet, het gekke spook. Net voor ik in slaap viel – of sliep ik al? – stapte ik in een taxi met Roy, alsof we dachten: laat die mafketels maar even voor wat ze zijn. Ik was een man die samen met z'n broertje een taxi nam in de grootstad. Elise zou trots op me geweest zijn, in haar mooie rode jas.

NA ROYS BEGRAFENIS VERZONDEN BRIEF
VAN GERTJAN VENKENRAY AAN ZIJN BROER MAX
EUGÈNE

Max Eugène,

Ik ben net terug van de begrafenis van Roy. Mama was teleurgesteld omdat ik niet langer bleef op de koffietafel. Zij houdt zich nog steeds bezig met zulke dingen, koffietafels en wie precies hoe lang blijft. Dat haar nog een zware klap te wachten staat is een zekerheid. We zullen haar moeten steunen, Max Eugène. Misschien moet je haar wat minder hard aanpakken. Of haar tenminste wat aandacht geven. Want dat is het eigenlijk. Jij bent geen harde, noch een klootzak. Jij bent gewoon een erg egocentrische persoon. Vreemd dat jij nooit kunstenaar geworden bent.

Nu Roy zijn eigen lichaam aan de aarde toevertrouwd heeft, zodat het kan rotten, word ik overvallen door een onverwachte lichtheid. Of eerder: een luciditeit. Ken jij dat woord? Vast wel, je bent altijd slimmer geweest dan je wilt laten uitschijnen. Met je technisch-instituutcomplex. Maar ik voel me dus erg lucide. Ik denk dat ik vandaag nog goed werk ga kunnen leveren. Het is hard, maar hoe groter het drama, des te groter de creatie die erop volgt. Dat is helaas zo, Max Eugène, neem het aan van je oudere broer.

Je vriend Jimmy Rietslaghers, wiens zwarte kleder-
dracht voor een keer gepast was, zei me dat je ervan-
door was met een meisje. Lies, Elise, zoiets? Stel me
eens voor aan haar. Hopelijk remt ze je zelfmedelijden
wat af. Niet dat ik je de les wil spellen, vandaag mag je
best wel dolen in gemis. Ik mis hem ook, onze Roy,
vergis je daar niet in. Maar uiteindelijk is hij degene
die dood is, niet jij of ik. Maar goed, hopelijk heb je
het niet te zwaar.

Ik hoorde van diezelfde Jimmy Rietslaghers dat je er-
aan dacht om het huis uit te trekken. Dat je op hotel
wilde gaan wonen met de erfenis van opa. Wat is dat
nu voor een idioot idee, Max Eugène? Zonde van het
geld en van de lege ruimte in het huis van mama en
papa. Ze waren al van de kaart toen ik het nest verliet,
nu zitten ze net met die lege kamer van Roy en dan
laat jij ze ook nog eens in de steek. Het zal daar vrese-
lijk gezellig worden. Maar ik wil je geen schuldgevoel
op je lijf schrijven.

Waar ik je eigenlijk voor schrijf, is om je uit te nodi-
gen bij mij thuis. Ik heb het altijd grappig gevonden
dat jij zo hoog oploopt met al die harde muziek, en
toch je neus ophaalt voor wijken als de mijne. Kom
eens langs, je zult zien dat het best meevalt.

Dit is mijn adres:

Kroonstraat 127/3
12083 Holberg

*Weet wel dat er geen huisnummer aan het gebouw
kleeft. Het is een groot pand, opgetrokken in donkere
baksteen. Net tegenover The Best Pizzeria, die nu gesloten is. Je vindt het wel. Je mag kloppen, maar dat
hoeft niet.*

*Denk nog eens goed na voor je al opa's geld opdoet
aan hotelrekeningen. Het echte leven heeft weinig te
maken met hotels, broertje.*

En kom je lief eens laten zien.

*Hou je flink,
Gertjan*

II

Gisteren

I

Net na het ontwaken had ik besloten de lunch over te slaan, en ik had dat meteen aan Mevrouw Spillere laten weten. 's Middags wordt in Hotel Splendid aan het buffet gegeten. De sla staat steeds te waterig, waardoor de croutons volledig verschrompelen, die moet je dus niet nemen als je niet van verschrompelde croutons houdt. Ik lust de Spillere's hun zelfgebakken brood wel, zeker in combinatie met de garnalensla of de kip curry. Dat ze dat brood echt zelf bakken, daar geloof ik niets van. En volgens Mevrouw Mullier van kamer 208 is de mayonaise in de garnalensla niet te vertrouwen. Mevrouw Mullier ruikt naar oud zuur en heimelijke verledens. Mijn wantrouwen in haar overtreft voorlopig dat in eihoudende sauzen. Als je net eenentwintig bent en al naar de raad van oude vrouwtjes luistert, dan kan je evengoed in de provincie gaan wonen om de bomen te zien groeien.

Officieel lunch ik niet in het Splendid. Als je halfpension betaalt, krijg je alleen ontbijt en een avondmaal. Maar omdat ik de enige gast ben die jonger is dan vijftig en zijn bord flink leegeet, mag ik van de Spillere's gewoon aanschuiven.

*

Zoals steeds nam ik ook gisteren mijn plannen voor de komende dag door. Dat gebeurde altijd in mijn hoofd en tijdens het drinken van een glas karnemelk. Van karnemelk kan je zeggen wat je wilt, bijvoorbeeld dat het maar zure bocht is, maar ik ontbijt niet zonder. Als ik heel mijn dagplanning heb overlopen, zuig ik de laatste slok krachtig tussen mijn tanden, die ik vervolgens schoonveeg met mijn tong. Een man die zijn tanden heeft schoongeveegd met zijn tong kan aan de dag beginnen. Die hou je niet meer tegen. Sinds ik eenentwintig ben, verwijs ik naar mezelf als 'man'. Je kunt dat onnozel vinden, ik zal daar mijn fierheid niet voor laten. Een man laat zich niet zomaar uit zijn lood slaan door de afwijkende mening van anderen.

Mijn planning zag er simpel uit, en dat stemde mij tevreden. Ik vind dat de simpelste dingen ook de mooiste zijn. Een plattelandsmeisje met een eenvoudige bikini en een glimlach die grote dromen verraadt, een ijsje met stevige koek en één bolletje chocolade, een wit hemd zonder motiefje dat naar verse strijk en een beloftevolle dag ruikt, een oude radio met een draaiknop. Dat soort dingen. Eenduidige dingen. Als je opgevoed, nu ja, als je grootgebracht was door Staf en Millie, zou je ook wel simpele dingen weten te appreciëren.

Dit zou mijn dag worden: langsgaan op het bureel van AirControl, waar ik werk, om bij Valérie drie kussen voor mijn verjaardag op te pikken, gaan werken in het winkelcentrum, Elise opzoeken en 's avonds iets drinken met Olivier van het Heilandcollege. Te verwachten hoogtepunt waren de kussen van Valérie, en het dieptepunt zou zonder twijfel het gesprek met Olivier worden, vooral omdat Olivier een klootzak met een tic was, en bovendien pijnlijk veel slimmer dan ik. Elk jaar rond deze periode belde Olivier me op, en dan spraken we nog eens af, om aan elkaar te bewijzen dat we nog leven. Zo gaat dat met vrienden van het Heilandcollege. Olivier denkt dat anale seks is uitgevonden door de Brazilianen, maar dat doet er weinig toe. Niks, eigenlijk.

Die kussen van Valérie had ik liever later gekregen. Ik hou van dagen die openbloeien, maar als je eerst de kussen krijgt en eindigt met Olivier die het over anale seks heeft terwijl zijn linkerwenkbrauw op en neer springt, dan bloeit er weinig open. De dag zou daarom weer eindigen met een whisky in de hotelbar, al was het om de stank die uit Oliviers bek zou zijn gewaaid weg te wassen. Op maandag werkt Andy, en die blijft weleens mee hangen. Andy is een goeie, hij heeft nog in een band gespeeld die The Force heette, maar dat duurde gelukkig niet lang. Bands die The Force heten zouden nooit mogen bestaan, zeker niet als de drummer een Andy is. De enige andere Andy die ik ooit gekend heb, was een achterbuur van Staf en Millie. Hij rook naar katten, sliep in zijn caravan en soms riep hij heel luid. Zomaar, naar niemand.

*

Het begon gisteren fout te gaan na mijn ontbijt, en meer bepaald toen Rudy Bourbon van café The Footloose van wal stak. Ik had het op dat moment moeten begrijpen. Ik had moeten terugkeren naar het hotel, en me daar een dag moeten opsluiten, maar zulke dingen doe je nooit in het echte leven. Ik zag het dus niet, ik ging niet naar het Splendid om me daar op te sluiten, maar gaf antwoord aan Rudy Bourbon van café The Footloose, die meedogenloos van wal stak.

Rudy Bourbon is een stadslegende op zijn retour. Hoewel ik een sterk vermoeden heb dat je sowieso op je retour bent als mensen je als een stadslegende gaan beschouwen. Dat hij stonk naar het sopje dat 's ochtends uit het soort kroegen wordt gedweild die in geen eeuwen nog fris te dweilen zijn, was nog het minste. Rudy hield ervan zijn gesprekspartners een hand op de schouder te leggen, zoals presidenten en patserige aanvoerders van voetbalteams dat doen. Of hij dat deed om zijn genegenheid te tonen, of simpelweg omdat hij anders ter plekke door zijn benen zou zijn gezakt, was mij onduidelijk. De polo's van AirControl zijn wit, en een man die zijn tanden speciaal goed heeft schoongeveegd om drie kussen te ontvangen van de telefoniste die haar borsten zodanig verheft dat ze kunst worden, zit niet te wachten op de smerige handoplegging van een vergane stadslegende.

Je zult zien dat een groot ongeluk altijd begint met een stom toeval. Een stom toeval, zoals bij het verlaten van je hotel aangesproken worden door een zatlap die ergens in de dimensie tussen toog en bed verkeert. Ik rook meer dan ik verstond van wat er uit Rudy's mond kwam. Dat ik dringend naar het werk moest, wilde hij niet horen. Zijn stem klonk alsof er iemand in zijn kop zat die het niet kon laten met de volumeknop te spelen. De gehavende woorden schalden bruut uit Rudy's bek, om dan weer uit te sterven voor gefluister en kwijl, niet noodzakelijk van elkaar gescheiden. Voorbijgangers staarden ons aan, Rudy Bourbon van café The Footloose en ik vormden een 'ons', we werden bekeken als een duo. Misschien was hij mijn vader die me ertoe wilde overreden geld te investeren in zijn alcoholisch project, je zag het de mensen denken. De mensen, dezelfde schijnheiligaards als de burgerrukkers voor wie ik destijds het Heilandcollege had verlaten en voor wie ik mij lang verstopt had achter hoge percentages alcohol.

Ik moest terug naar het hotel. Ik wilde mijn kamer, mijn bed. De sla moet je niet nemen, die staat veel te nat. Millie schreeuwt in mijn oor om hulp. *Fuck off*, Millie, zorg voor jezelf. Het hotel. Ik moest omkeren, waar blijven de Spillere's, Spilleri's, Spillers? Ik wil godverdomme bediend worden! Haal je klotehand van mijn polo, mijn AirControl-polo, zatte hond. *Wellness is a state of total well-being.* Haal me hieruit. Roy, laat me hieruit.

Mijn hoofd daverde als een kolenmotor en ik zag het gezicht van Rudy naar me toe komen, alsof hij me ging kussen. Ik wilde niet gekust worden door Rudy Bourbon van café The Footloose, ik wilde slapen op mijn bed en in de lift staan met Mevrouw Mullier. Hetzelfde moment voelde ik de warme brij over mijn polo lopen. Er zat ook iets in mijn nek. Het slechtste uit Rudy Bourbon droop langs mijn hals naar binnen, tussen mijn witte huid en de witte polo. Rudy was verdwenen. Je zult zien dat een groot ongeluk altijd begint met een stom toeval, dat gebeurd is voor je het weet. Met een stom toeval en met lauwe kots in je nek.

Zonder Rudy Bourbon, die, nog dampend van de vorige nacht en zijn voorbije leven, van wal stak en me vervolgens onderspuugde, zou ik nooit hebben moeten terugkeren naar mijn kamer. Ik zou nooit een lelijk T-shirt hebben moeten aantrekken omdat ik geen polo's meer in voorraad had, ik zou nooit te laat gekomen zijn op AirControl en ik zou Mevrouw Spillere nooit hebben horen roepen dat er iemand gebeld had. Ik zou haar nooit hebben kunnen negeren en ik zou niet halsoverkop op die voorbijkomende bus richting centrum gesprongen zijn. Richting Valérie, richting mijn drie kussen.

*

Wellness is a state of total well-being, elke ochtend opnieuw. AirControl deelt zijn gebouw in het stadscentrum met heel wat andere bedrijven. In de ondergrondse garage van het kantoorgebouw hangt een reclamebord voor de fitnessclub op de achtste verdieping. Zij vinden dat wellness een state of total well-being is. Ik moet 'm zelfs al niet meer lezen, die zin. Ik weet dat hij daar hangt, en dat volstaat om ervan te balen. Ik vraag me weleens af of de mensen die zulke zinnen bedenken daar echt in geloven, al was het maar voor een seconde. Zou er echt iemand bestaan die gelooft dat je door twee keer per week je dikke reet op een fiets – die overigens niet vooruitgaat als je trapt – te hijsen in een nirwana van totaal geluk terechtkomt? En zou die iemand dan zelf gelukkig zijn? Misschien wel. Yin-yang, hoger-lager, feng-shui en al die andere zever over het geluk, ik ga er liefst niet te diep op in. Laat mij maar rondwaren in een wereld van oppervlakkige flitsjes van prêt-à-porter-geluk. Ik wil er niet aan werken, ik wil het op me laten afstralen. Hetzij door het tv-scherm, hetzij door de glimlach van Valérie. Wat zit ik toch weer uit mijn nek te lullen. Uit je nek lullen is de beste uitvinding sinds het vuur en het wiel en de pil. Als ik niet zo goed uit mijn nek kon lullen, had ik al fortuinen moeten betalen aan mensen zoals Doctor Moeder.

*

Ik begon in de luchtzuiveringsbusiness te werken toen ik achttien was. Bijna drie jaar geleden intussen. Oorspronkelijk vooral om Millie en Staf voor schut te zetten en ze dat Heilandcollege betaald te zetten, maar al snel gewoon omdat het nu eenmaal mijn job was en omdat Valérie fantastische borsten had. Het eerste jaar moest ik de baan op met een ervaren installateur. Gerry Kestens. Of Kersters, of Kersers. Enfin, met Gerry. Ik verstond die kerel nooit, of deed alleszins niet veel moeite. Als ik positief moet zijn over Gerry, kan ik zeggen dat Gerry geen absolute eikel was. Gerry leerde mij het vak, de kneepjes hield hij voor zich. Maar eerlijk gezegd, de aircobusiness is de moeilijkste nog niet. En er is altijd werk met die stronthitte.

't Gaat vooral om zuiverheid en constante doorstroming in de luchtzuivering. Als je dat weet, ben je al
ver. Nu werk ik alleen, of met Walter, als het echt
druk is. Walter Buykens, de bassist van de legendarische Blue Wanderers, een band waar ik nog nooit van
gehoord heb. Ik denk dat 'de legendarische' gewoon
deel van hun naam is. Zoals je bijvoorbeeld ook 'de
enige echte Rolling Stones' zou kunnen heten. Maar
normaal werk ik dus alleen. Heel het winkelcentrum
doe ik. Er zijn mensen die dat knap vinden. Helaas
werken zij allemaal in de aircobusiness.

*

Valérie is de perfecte Valérie, veel meer valt daar eigenlijk niet over te zeggen. Ik hou niet van haar, dat
zou niet eerlijk zijn tegenover Elise, maar Valérie is als
een kachel die mij verwarmt met naïef geluk. Het geluk van een blinkende middenklassewagen en een
huiskamer die naar meiklokjes uit de reclame geurt.
Het geluk van een leuk bloesje boven een perfecte rok,
het geluk van een tandenborstel in drie gekke kleuren.
Als ik Valérie zie verschijnen achter haar desk, is het
alsof de zon de horizon ontstijgt en haar tintelende
gloed in mijn gezicht legt. Gisterochtend werd dat gevoel niet bepaald versterkt door de geur van zatte kots
die nog in mijn neus brandde. Toen ik zwetend als een
hondentong en waarschijnlijk nog stinkend naar pure
Bourbon aankwam bij AirControl, zat Valérie waar
ze altijd zat. Ze lachte, en geurde naar zacht parfum,
wat mijn kussen alleen maar ten goede zou komen.
Haren opgestoken met stokjes die zij er waarschijn-

lijk heel Chinees vond uitzien, huid bruin genoeg om geil te zijn, maar niet in die mate dat het vulgair wordt. Geef me je lippen, Valérie, ik ben je man. Op het moment dat ik haar genoeg was genaderd om in de delta van haar borsten mijn geluk te vinden, zag ik wie er links van de desk op een van de lelijke stoeltjes zat te wachten. Voor een keer helemaal in het zweet, de hitte was haar te snel af geweest. Ik herinnerde mij niet dat ik Doctor Moeder ooit had zien zweten. Ze keek me aan met de ogen van een hond die weet dat hij in de keuken gekakt heeft en dat je dat niet op prijs stelt. Had ze gehuild? Het leek wel of ze gehuild had. Valérie bleef maar glimlachen, het ongelukkige kalf. Al die pathetische decolletépoëzie was voor niets geweest.

'Gelukkige verjaardag, jongen,' hijgde Doctor Moeder.

Dan weet je dat je in de problemen zit.

2

De perfecte Valérie wist niet wat er gebeurde. Ze hoopte dat er iemand zou bellen, zodat ze die telefoon kon opnemen. Uiteindelijk zijn mensen maar laffe wezens. Obsceen, schijnheilig en voyeuristisch, maar toch vooral laf. Ook ik was laf, zelfs veel laffer dan gemiddeld. En dat niet alleen, ik rook ook nog naar de kots van Rudy Bourbon van café The Footloose uit Holberg, dezelfde wijk waar mijn gekke broer Gertjan op dat moment aan zijn grootse caviaplan sleutelde.

Ik had besloten de lunch in Hotel Splendid over te slaan, omdat ik tijdens de middag Elise wilde opzoeken. Nog maar eens. De aanwezigheid van Millie en haar uitgestelde gelukwensen leken mij een hint dat de dag anders zou verlopen dan gepland. Voor de duidelijkheid zal ik nog eens met zoveel woorden zeggen dat ik een hekel heb aan verrassingen en aanpassingen van een strak uitgedachte dagplanning.

Millie zag eruit als een tent zonder stokken. 'Ik heb je nog proberen te bereiken in je hotel,' zei ze.

Ze was buiten adem, wat ze anders nooit was. Alles wat die vrouw deed, zat in een afgemeten ritme. Haar tred, haar ademhaling, haar bewegingen. Niets deed ze plots of onverwacht. Ik was waarschijnlijk verwekt met een metronoom op het nachtkastje. Arme Staf, hij had zo'n hekel aan een strakke maat. Sinds de dood van Roy was het alleen maar erger geworden. Doctor Moeders leven zat retestrak op de tel. Een beetje zoals de platen van Metallica. Eigenlijk was Doctor Moeder erg metal, maar dat moest ik haar maar niet vertellen. Ze zou er weer van alles achter gaan zoeken. Want dat deed ze dan weer wel.

Valérie deed alsof ze naar het toilet moest. Er was geen grootse actrice aan haar verloren gegaan. Ze schuifelde van achter haar balie tot in het kleine kamertje. Ze leek wel een van die kloosterwezens die door een grote kathedraal dolen en fluisteren dat je geen foto's mag nemen of je gsm moet uitzetten. In mijn dromen speelde ze haar rol met heel wat meer overtuiging. Ontelbaar waren de keren dat ik Valérie in dat krappe toilet had doen krullen van genot. Ik bedacht dat een biechtstoel in een drukbezochte kerk een leuke plek zou zijn voor een van de volgende fantasieën. Mijn kamer in Hotel Splendid leek soms meer op een imaginaire hoerenkamer dan op wat anders. Dat was ook goed zo, het was tenslotte een hotelkamer. Hotelkamers zijn niet uitgevonden om in te gaan zitten dammen. Elke dag worden met de lakens ook de geilheid en de angsten van de voorbije nacht opgehaald. Eens zo'n kamer vol zit met je rotzooi, check je uit. Dat was het beste aan in een hotel wonen in plaats van thuis, je ontsnapt volledig aan de huiselijke kringloop van geheimen en taboes. Ik was niet van plan die intimiteit gauw weer met iemand te delen. Laat mijn lakens maar verdwijnen in de massa.

*

Millie had lichtbruin haar en blauwe ogen. Dat haar verfde ze, maar je zag het er niet aan. Millie verstond de kunst er op een geconstrueerde manier perfect natuurlijk uit te zien. Maakte dat van haar een hypocriete gevelwerkster of een hedendaagse supervrouw? Hoe ver liggen die twee trouwens uit elkaar? We zullen die vraag openlaten. Millie was niet uitzonderlijk groot van gestalte, maar je had haar altijd gezien. Mensen schatten haar steevast groter dan ze was. Ik denk dat ze zichzelf ook groter inschatte dan ze eigenlijk was. Dat was een beetje haar levensstijl, geloof ik. 'Omdat ik flink rechtop loop,' was haar verklaring, die een leugen was en meestal gevolgd werd door het verzoek hetzelfde te doen. Ze zag er altijd uit als de vrouw van een president of zo. De Doctor was immer klaar voor een moeilijke vergadering of een veeleisende missie naar een ver land. Zo zag ze er toch uit. Dat is best grappig als je weet hoe Staf er dan meestal bij liep. Staf vond zichzelf heel eigenzinnig. Hij was ook eigenzinnig, net zoals die lullo's met hun kleurige ziekenhuissandalen. Zoals Gertjan het verschil niet zag tussen artistiek en marginaal, kon Staf het onderscheid tussen eigenzinnig en gewoon belachelijk niet goed maken. Grappige kerels, Staf en Gertjan.

Grappig of eigenzinnig is wel het laatste wat Millie vond van Stafs stijl. Ze herkende er een angst voor het leven in, en dat kon ze op erg dictatoriale wijze zeggen. En op de meest ongelukkige momenten, bijvoorbeeld 's ochtends of op een vrijdag. Millie herkende voortdurend overal van alles in. Wij keken al niet meer op als ze weer ergens iets in herkende. Soms kon je een geel T-shirt aantrekken, wat dan bewees dat je een verdoken racist was. Zou ze iets herkennen in het feit dat iemand zichzelf Jay Jay laat noemen, terwijl hij toch niet in Los Angeles woont en geen rapper of een drugsdealer is? Vast wel. Misschien was Jay Jay wel een drugsdealer. Dat zou dat geklooi met die domme boten tenminste verklaren.

Millie zag er echt uit, zoals actrices voor ze bij de make-up zijn langsgegaan. De laatste keer dat ik haar zo in huiselijke lelijkheid gezien had, moest geleden zijn van toen Roy nog maar een baby was. Toen kon ze echt hele dagen in een combinatie van pyjamaonderdelen en stukken vierdewereldkledij rondlopen. Haar kapsel was die naam niet waardig, ze droeg een verkleurde haarband en zonder make-up kwam haar gezicht een beetje tot leven – in de slechte, etterige betekenis van het woord. In die tijd kon het mij allemaal weinig schelen, maar nu miste ik die Millie soms wel. Soms, want ze kon ook een beetje stinken als ze zich liet gaan. Naar babyspuug en zure kool, hoewel ik van dat laatste niet zeker ben.

Nu zag de Doctor eruit alsof iemand haar helemaal door elkaar had geschud. Misschien was ze Rudy Bourbon tegen het lijf gelopen. Dit was Millie wel, maar alles zat los en scheef. De lagen gevelpasta begaven het onder zweet en damp. Arme dwaze moeder, vertel het eens.

*

'De receptioniste van het hotel kon je niet meer te pakken krijgen. Je liep net naar buiten, zei ze.'

Millie had Mevrouw Spillere gebeld. De biologische moeder en haar per overnachting betaalde evenknie, verenigd door het wonder der telefonie. Mevrouw Spillere zou lachen als ze hoorde dat iemand haar een receptioniste genoemd had. Ik herinnerde mij dat Mevrouw Spillere me die ochtend inderdaad iets toegeroepen had, maar ik had zo'n haast dat ik gedaan had alsof ik haar niet hoorde. Ik moest die bus halen want ik wilde de kussen van Valérie gaan incasseren. Ik vervloekte Rudy Bourbon nog maar eens. En Valérie. Zo bijzonder was ze nu ook weer niet, hoewel het belang van haar borsten niet te onderschatten was. Een vrouw die zo lang op het toilet bleef zitten, was echter niet sexy. Weer iets voor op mijn Dood Van De Sekslijstje: vrouwen die langer dan tien minuten op het toilet blijven zitten.

'Wat is er dan zo dringend?' vroeg ik.

Ik dacht even dat Jay Jay haar verkracht had en in minder dan een seconde had ik vier manieren bedacht om hem op gruwelijke wijze om het leven te brengen. Minstens drie daarvan kon je uitleggen met de kernwoorden 'broodmes', 'vleesetend' en 'tot bloedens toe'.

'Het is je vader, hij is gevallen.'
    'Gevallen? Hoe – van wat? Van de trap?'
    'Uit het raam, Max, hij is uit een raam gevallen.'
    'Uit een raam?'

'Ja, van zijn kamer.'

'De slaapkamer?'

'Niet precies.'

'De zolder?'

Het gesprek leek op een echo in een saaie grot, ik voelde mijn T-shirt tegen mijn rug kleven en wilde gaan zitten. Normaal zeg je voor zo'n mededeling: 'Ga maar even zitten.' Wat is dit, Millie, een nieuw experiment? Valérie stond tussen toilet en balie en verroerde geen vin. Ze kon nergens heen, was in shock en luisterde naar haar reptielenhersenen.

'Niet bewegen, Valérie,' zeiden die, 'het is zo voorbij.' Ik wilde gewoon die kussen-met-een-uitzicht voor mijn verjaardag en dan genieten van een voorspelbaar verloop van de dag. Wat leken die afspraak met Olivier van het Heilandcollege en een gesprek met barman Andy, negen van de tien keren weer eens over nylon versus metalen snaren, plots heerlijk.

Millie praatte ondertussen door, ik hoorde haar ratelen en zag haar gebaren van dit en van dat. Ze had nog steeds een rode kop, zoals tekenfilmfiguurtjes die stoom aflaten door hun oren.

Ik herinner me niet precies hoe ze het deed. Het kwam met veel gesnik en slijmerige substanties, maar ze kreeg het toch over haar psychologisch gestoorde hart om het mij te vertellen. Staf woonde allang niet meer thuis. Nee, Staf Venkenray was er ongeveer twee maanden na de begrafenis van Roy uit getrokken, om op hotel te gaan wonen. Twee dingen kwamen bij me op.

Ten eerste, wat een aandachtstrekker. Ik was al diegene die in een hotel was gaan wonen, met de nodige vogeltje-uit-het-nestje-dramatiek en zo die daarbij komt kijken. Wat deed Staf nu in een hotel? Wijn zuipen? Vrouwen zuipen? Zijn boeken rangschikken volgens de geur van het papier?

Ten tweede, en dat was belangrijker: ik zou nooit nog een goeie fantasie over Valérie kunnen beleven. Nooit zou ik haar tot mij kunnen nemen zonder aan die maandagochtend te denken. Ik zou telkens Millie zien, met al haar sluizen open, en dat pakje van Chanel dat er zo triest ging uitzien als je het droeg als een rouwkleed. Millie leek wel een carnavalsfiguur. Bijstandsmoeder kleedt zich om tot wanhopige carrièrevrouw, was dat geen tv-format?

Dat Staf uit het raam van een hotelkamer was gevallen, van de derde verdieping, dat had ik inderdaad niet zien aankomen. En dat zijn hotel zich in Holberg bevond, verbaasde mij eigenlijk nog meer. Een man met de levenskunst van Staf, die zomaar het eerste het beste krot in Holberg betrekt. Beschamend. Hij kon tenminste uit het penthouse van het Ritz of het Carlton gedonderd zijn, vond ik. Op het geplaveide voetpad langs een groene boulevard met ronkende naam. Dat zou een Venkenray waardig geweest zijn. Maar nee, ergens tussen verschoten hoerenzaad en een dode kat in fucking Holberg. Staf, Staf, Staf, waar zat je met je gedachten?

*

Drie kussen kreeg ik niet, wel een vrije dag. Ik begreep niet goed waarom. Werd ik verondersteld Staf te gaan bezoeken in het ziekenhuis of hem bloemen te sturen? En Millie, de hyperventilerende moederhoer, wat stond zij daar te grienen als een bordkartonnen matrone. Vond ze het plots zo om te huilen dat die Staf zichzelf vergooid had? Daar had ze dan maar vroeger aan moeten denken, voor ze een aap als Jay Jay van de straat plukte. Ik had helemaal geen zin in een dagje vrij. Wat was dat nu voor wijvencrap, een dagje vrij? Moest ik een daguitstap maken naar de zee, een museum bezoeken misschien?

'Joost wacht beneden op me.'

Het was eruit. Millie toch, moet ik je nu slaan of omarmen? Slaan, waarschijnlijk. Ach. Ik liet haar vertrekken.

'Doe hem de groeten,' zei ik nog.

Daar had ze niet van terug. Millie kwam op me af, druipend en snuivend. Was ze maar haar zakelijke zelf gebleven. Ik begrijp nog altijd niet waarom ze er zo door zat, ze haatte Staf volgens mij al jaren. Al van lang voor Roys ongeval. Wat ging er door haar hoofdje? Zag ze zichzelf als interessante case? Doctor Moeder greep me vast. Om haar neus schoon te vegen, dacht ik eerst. Maar ze liet niet los. Die domme kut van een Valérie zat er ook al bij te snikken. Godverdomme, ik voelde me moe.

'Sorry,' snoof Millie, en ze liep de kamer uit, op naar Jay Jay. Eindelijk.

*

Het was Kerstmis en dat moesten we vieren. Drie, misschien al vijf jaar geleden. We hadden een boom. Een echte, daar had Staf op gestaan. Gertjan stelde voortdurend lastige vragen over Stafs zelfverklaarde atheïsme en de implicaties van de kerstviering en zo. Staf werd er zenuwachtig van, de rest ook. Gertjan werd gestopt door de historische woorden 'Gertjan, hou godverdomme je bek en vier in stilte verder'. Staf vloekte anders nooit, dat vond hij een 'verbaal zwaktebod en een teken van religieuze onvolwassenheid'. We gingen nooit verder in op Stafs oneliners. Zoals Jezus het wilde, deelden we pakjes uit. Ik kreeg een boek, omdat ik altijd een boek kreeg.

Staf had een cd gekocht voor zijn vrouw Millie. Even leek ze blij, maar toen verstilde ze. Staf vroeg wat er aan de hand was, en legde het schijfje op. Klassieke stuff van een Italiaan of een Spanjaard of zo. Millie is toen naar boven gegaan. Eerst heeft ze van op de trap nog even de woonkamer in gekeken, waar vier gapende Venkenrays niet wisten wat te doen met zoveel gedoctoreerde toorn. Man, wat zag Millie er toen dramatisch uit. In haar feestelijke, wijnrode jurk en met make-up die als een oorlogsmasker over haar wangen liep. Ze huilde geluidloos. Millie verdween naar boven.

Roy liep haar achterna. Roy was de enige van de Venkenray-mannen die niet laf en schijterig in het leven stond. Roy was toen al meer man dan wij drieën samen. Hij was ook de enige die Millie nog kon laten lachen. Vroeger konden we dat allemaal. Maar het was met de jaren moeilijker geworden door het pantser van die vrouw te breken. Behalve voor Roy. Die ging er moeiteloos doorheen.

Volgens Gertjan was Millie zo boos geworden omdat die muziek de soundtrack was van Staf zijn andere leventje. Het leventje van donkere vrouwen met schimmige namen, gebrabbelde citaten uit sexy poëzie en wijn die aan je tanden kleeft. Gertjan zei dat zo'n cd voor haar even kwetsend was als Staf het voor Millies neus met een andere vrouw zou doen. Het hoeft weinig betoog dat Gertjan eerder naar zijn moeder aardt. Dan ben ik helemaal anders, hopelijk lijk ik daardoor niet op Staf. Ik heb mij nog vaak afgevraagd of Millie echt zoveel zou nadenken over dingen die voor anderen gewoon een cd of een cadeautje zijn. Als dat zo is... Arme vrouw. Ik denk niet dat ik zoveel nadenk. Soms moet je jezelf gewoon van de helling laten bollen, met je handen voor de ogen. Het was hoe dan ook sinds dat moment geleden dat ik haar in zo'n staat had gezien zoals gisterochtend.

*

Ik keek uit het raam hoe Millie het gebouw uit liep. Jay Jay stond haar op te wachten bij de Saab. Millie was duidelijk volledig over haar toeren. Zelfs van op zeshoog kon ik zien dat ze schokte van het huilen. Ik voelde de aandrang om naar buiten te lopen en haar te omhelzen, haar te vertellen dat het wel goed zou komen. Zoals steeds kwam het daar niet van. Millie was in een gevecht verwikkeld met haar auto. Ik denk dat ze een scheur in haar jasje had, maar dat kan ook mijn verbeelding geweest zijn. Ze sleurde en trok aan de kunststof kap van haar Saab. Wilde ze het dak er nu afhalen? Millie was gek geworden, zoveel was duidelijk. Millie haatte open rijden, ze had het niet meer gedaan sinds die ene helse rit, net nadat Staf haar die auto cadeau had gedaan.

Millie had volgens mij geen flauw idee van wat ze aan het doen was. Wat een bruut geweld zat er verstopt in die vrouw. Ik bedacht dat ze daar waarschijnlijk erg veel nood aan had, aan zich eens goed te laten gaan en voor een keer echt te kunnen schreeuwen, in plaats van in haar hoofdje. Op een bepaalde manier genoot ik van het tafereel.

Millie scheurde weg in een Saab waarvan het dak half openstond, een verdwaasde Jay Jay achterlatend op het voetpad. Die zal wel een boot kunnen bellen om hem op te pikken, dacht ik.

Ik schrok toen ik zag dat Valérie vlak naast me stond. Had ze daar tijdens heel de vertoning gestaan? Heel mijn fantasie over Valérie was met behulp van tranen, zweet en een geveinsde plas weggevloeid. Beter zo, waarschijnlijk.

Op het gezoem van de airco-installatie na, was het stil in de entreehal van AirControl, dat de zesde verdieping van The Newskies Tower deelde met een advocatenbureau. We konden onze eigen airco niet eens fatsoenlijk onderhouden.

'Was het jouw verjaardag niet gisteren?'
  'Nee.'
'Ah, ik dacht nochtans dat het zo op de personeels-
kalender stond...'
  'Tja, dat zal dan fout zijn.'
  'Ja.'
'Personeelskalenders, wat heeft een mens eraan,
Valérie?'

Ik praatte op automatische piloot, zoals een karateka
die met één hand zijn belager weet af te houden, en intussen met de andere een broodje smeert.

'Was dat je moeder?'
  'Ja.'
  'Ze leek nogal...'
  'Gek?'
  'Overstuur.'
  'O. Vind je?'

Ik moest lachen maar deed het niet. 'Overstuur', wat
was dat nu voor een woordkeuze. Stripfiguren in ver-
geelde driekleurenprint, ja, die zijn soms overstuur. Ik
vermoedde dat Valérie het woord had opgepikt in een
damesblad. 'Overstuur na seksoperatie hond', of
zoiets. Arm kind.

'Ach, geen nood, ze is altijd zo.'
  'Echt waar?'
  'Yep. Vandaag viel het zelfs nog mee.'

Daar werd Valérie even stil van. Opnieuw moest ik lachen, opnieuw deed ik dat maar niet.

'Amai.'

Ja, Valérie, amai, zeg dat wel. Millie was heel amai.

Ik verliet het gebouw via de garagepoorten in de kelderverdieping. Voor de eerste keer stond ik even stil voor het 'wellness is a state of total well-being'-bord. De kleuren hadden hun beste seizoen gehad en er had een vogel op de voorlaatste s van wellness gescheten. Hoe geraken die vogels in de kelder, vroeg ik me af. Als ik een vogel was, zou ik ook op de s van wellness komen schijten. Of op gelijk welke andere letter. Ik ben niet zo kieskeurig.

3

Jimbo vroeg zelfs niet waarom ik niet aan het werk was op een maandagochtend. Ik was binnengekomen langs de garage, zonder eerst aan te bellen. Zo deden we dat als Lydia niet thuis was, of tenminste als de afwezigheid van haar Seat Alhambra dat liet vermoeden. Jimbo vond aanbellen maar niets, want dan moest hij uit zijn kamer afdalen om de deur voor je open te maken. Hij zei dat aanbellen enorm burgerlijk was, en daarom niets voor hem. Ik liep door het huis, de trappen op en riep halverwege dat ik eraan kwam. Als je niet waarschuwde als je eraan kwam, was Jimbo ook niet tevreden. Het verschil tussen burger en slecht opgevoede boer was zeer klein. Ik riep voor de zekerheid nog een tweede keer, maar geen reactie. Dit kon maar één ding betekenen. Ik had Jimmy Rietslaghers getroffen op een van zijn befaamde lijstjesdagen.

Als Jimbo en ik normale vrienden waren geweest, dan zou ik hem meteen verteld hebben over wat ik net had meegemaakt. Ik had hem gevraagd wat ik moest doen. Of ik als een gek in een taxi moest springen om Stafs hand te gaan vasthouden en hem te vertellen dat ik hem graag zag. Dat ik na Roy zeker niet ook hem wilde verliezen. Hij zou me dan goede raad en de bijbehorende mannelijke schouderklop hebben gegeven.

Hij zou vervolgens een taxi voor me bellen en me aan het portier verzekeren dat ik altijd welkom was en dat hij altijd bereid was te luisteren. En dan zou de aftiteling beginnen te lopen.

In plaats daarvan hadden we het over Jimbo's lijst van tien metalnummers die volgens hem de jaren 1990 perfect samenvatten. Ik begreep ook niet wat hij daar precies mee bedoelde. Waarschijnlijk wist enkel Jimbo wat het precieze belang was van de 'Jimbo's 1990s everlasting metal top 10 of all times', zoals de naam officieel luidde. Ik had het nooit over mijn hart gekregen hem te wijzen op het armetierige Engels.

Die lijst was iets waar hij al jaren aan werkte, in periodes. Een beetje zoals mijn Dood Van De Seks-lijstje, maar dan totaal niet te vergelijken. Je moest het niet in je hoofd halen te insinueren dat zoiets misschien niet echt zo belangrijk was, want Jimbo zou je uitgelachen hebben. Waarschijnlijk zou hij je vervolgens een homo noemen.

De lijst van Jimbo zag er vandaag als volgt uit:

1   Machine Head – Davidian (Burn My Eyes, 1994)
2   Gorefest – Chameleon (Soul Survivor, 1996)
3   Fear Factory – Self Bias Resistor (Demanufacture, 1995)
4   Nailbomb – World Of Shit (Point Blank, 1994)
5   Pro-Pain – Political Suicide (Contents Under Pressure, 1996)
6   Type O Negative – Christian Woman (Bloody Kisses, 1993)

Op sommige dagen zou pakweg Gorefest een plaats gestegen zijn, enkel en alleen omdat het lettertype van hun cover-art meer jaren negentig was dan dat van Fear Factory of zo. Het was me een raadsel hoe de jarennegentigfactor van een lettertype bepaald werd. Ja, Jimbo dacht na over zulke dingen. Ik woonde dan wel op hotel, ik was toch meer met andere dingen bezig. Borsten, bijvoorbeeld. Borsten en bluegrass.

'In welke omstandigheden zou jij "Christian Woman" van Type O Negative spelen?' Het was een vraag waar ik de laatste jaren niet zo vaak meer over had nagedacht, moet ik bekennen.
    'Dat weet ik niet. Ik luister niet zo dikwijls meer naar Type O Negative.'
    'Tuurlijk niet, jij bent een countrytrut.'
    'Bluegrass. Technisch gesproken ben ik een bluegrasstrut.'

*

Ik dacht even aan The Cox Family en meer bepaald hun nummer 'I am weary', gespeeld en gezongen door vader Willard Cox, zijn zoon Sidney en zijn twee dikke dochters, Suzanne en Evelyn, niet toevallig zussen. Moest Jimbo tijd nemen om daarnaar te luisteren, zou hij diezelfde dag al zijn metalplaten in een grote kartonnen doos op de drempel voor zijn huis zetten met een kaartje waarop 'gratis mee te nemen' zou staan. Maar het zou zeker nog tweehonderd jaar duren voor Jimbo zich eens rustig zou neerzetten om naar een plaat van The Cox Family te luisteren. Ik had hem nooit over hen verteld, om gemakkelijke grappen over die mensen hun familienaam te vermijden. Die grappen zouden mij kwetsen. Om The Cox Family diende niet gelachen te worden, net zoals er niet gespot kon worden met de borsten van Christina Ricci in Buffalo '66 of in The Opposite Of Sex of in Anything Else. Hoewel het in die laatste film vooral haar benen zijn die de show stelen. Woody Allen zal een benenman zijn.

Ik liet het ook na om Jimbo uit te leggen dat bluegrass zich onderscheidde van de muziek die de meesten als country bestempelden door overvloedig gebruik van mandolines, dobro's en pedalsteels. Door een hoger tempo ook. Dat country voor op de baan was, en bluegrass het best beluisterd werd tijdens een tocht door de bergen. Jimbo wist waarschijnlijk niet wat een dobro was, en ik zou het hem, moest hij daar al om vragen, ook niet goed kunnen uitleggen. Wie daar de tijd voor neemt, zal ook merken dat bluegrassmuzikanten zich zelden of nooit laten verleiden tot de kitsch waar sommige countrycollega's zo gek op blijken te zijn. Bluegrassmuzikanten zien er eerder uit als die vrijwilliger die elke zaterdag een handje toesteekt op het containerpark, of die alleen in een café de krant zit te lezen. Of zoiets. Ik ben ook geen specialist.

Ten slotte ging ik ook niet dieper in op het gegeven dat ik sinds de dood van Roy de dagen aan elkaar leefde dankzij een kast vol van die muziek. Dat ik mijn dagen in het winkelcentrum soms uitzat met mijn hoofdtelefoon op en gezeten op een bankje dat de westgang met de oostgang verbond. Aan weerszijden van dat bankje stond een plastic boom. Als je heel erg lang naar bluegrass luisterde, gingen die bomen er op het einde van de werkdag soms echt uitzien. Als ik na zo'n dag naar huis wandelde, vroeg ik me vaak af of dat iets is om blij of net depressief van te worden.

De grote verdienste van Jimbo was niet dat je met hem over dingen kon praten die je anders nooit met iemand zou delen. Ik zei nooit veel tegen hem. Maar als ik bij hem thuis kwam, begon ik over van alles na te denken. Alsof de ondanks alles huiselijke sfeer bij het gezin Rietslaghers uit de Da Vincilaan een zekere bescherming bood voor gedachten die je normaal niet zou durven te denken. Hier was het veilig, op een vreemde, metalachtige manier, ook al wilden de posters aan Jimbo's muren met veel pathos het tegendeel doen geloven.

Terwijl Jimbo daar zat door te drammen over zijn lijstje en de intrinsieke eigenschappen van de rifftechniek van Helmet, dacht ik aan Staf. Het was alsof ik de gedachte had verdrongen tot ik veilig in Jimbo's kamer stond. Zoals wanneer je bij wijze van spel je adem inhoudt en dan als een hijgende otter naar lucht moet happen. Het idee dat je pa zichzelf uit een raam heeft laten vallen accepteer je niet zomaar. Zo'n idee zoekt langzaam z'n weg naar je bewustzijn. Ik klink als Millie. Shit.

*

'Bluejazz, mijn dik vet gat. En verander niet van onderwerp.'

'Sorry.'

'In de intro van dat nummer, dat trouwens "Machine Screw" heet, hoor je een vrouw het doen met een machine,' sprak Jimbo alsof hij een prof geschiedenis was die een ontluisterend detail over de Falklandoorlog onthulde.

Ik had geen zin om de enthousiaste student te spelen, en deed alsof de poster van My Dying Bride die al vijfhonderd jaar op dezelfde plek boven Jimbo's bed hing, mij plots uitermate aansprak. Ik deed moeite om zo ongeïnteresseerd mogelijk te klinken, wat me best afging.

'Ja, dat kan best. Ik meen me inderdaad zoiets te herinneren.'

Ik meende mij ook echt zoiets te herinneren. Zoveel intro's waarin vrouwen het met machines doen zijn er nu ook weer niet, zelfs niet in metal uit de jaren 1990.

'Dat was geen vraag, sul, dat was een mededeling.'

'Oké.'

'Vind jij dat choquerend?' Dat mijn eigen vader uit een hotelraam gesprongen was, vond ik al niet bijzonder choquerend. Laat staan een intro van een band die zichzelf naar een bloedgroep heeft genoemd.

'Boh.'

'Nee, dat vind jij helemaal niet choquerend.'

'Niet echt, nee.'

'Precies. En weet je waarom? Omdat elke kleuter vandaag via drie klikken een video kan bekijken waarin je het een vrouw ziet doen met een machine.'

'Dat zou best kunnen, ja.'

'Dat is zo, Max, neem het van mij aan.'

'Ik neem het volledig van je aan.'

'Dus: conclusie?'

'Internet is een smerige plek?'

'Homo. Komaan, serieus: conclusie?'

'Type O Negative een plaatsje naar onder?'

'Worm. Naar boven natuurlijk! Type O Negative is door en door jaren negentig, toen een intro waarin een vrouw het met een machine doet nog choquerend was.'

'Ik denk dat van die opnames ook al wel voor de jaren negentig bestonden, eerlijk gezegd.'

'Gast...'

Jimbo zuchtte. Als hij je gast noemde en vervolgens zuchtte, dan had je hem uit zijn luchtballon geschoten met een foute opmerking. Dat speet me, ook al wist ik niet waarom. Jimbo droeg een T-shirt van Pantera. Hij had dat shirt al toen ik hem leerde kennen, en het zag er ook toen al afgewassen uit. Waarschijnlijk speet het me daarom. Jimbo had niet veel, het voelde niet goed hem ook dat dan af te pakken. Ook al gedroeg hij zich als een imbeciel. Een imbeciel met een

Pantera-T-shirt. Vreemd dat Jimbo nog nooit op tv was geweest.

Jimbo deelde mee genoeg te hebben gewerkt. Hij schoof zijn cd's opzij en liet zich in zijn bureaustoel zakken. Vervolgens vertelde hij dat Lydia nog steeds ruzie had met zijn broer Vincent. Vince, the prince of motherfucking darkness, had besloten te trouwen met zijn vriendin Jo. Daar was Lydia erg blij om. Het probleem lag 'm in het typografische. Zo wilden de King en Queen van Motherfucking Darkness hun huwelijksfeest voltrekken in de hun zo eigen levensstijl. Dus stond dit net boven RSVP:

Zaterdag 23 mei
Feestzaal De Meander
Dresscode: Funeral.

Lydia zag dit echter niet zitten en zou – volgens het citaat van Jimbo – 'geen halve euro steken in een trouwfeest dat een begrafenis wilde zijn'.

Jimbo vertelde het hele verhaal met een haast zakelijke kalmte. Jimmy Rietslaghers was niet de man om zich in familiale twisten te mengen. Hij respecteerde beide meningen, ook al hield één daarvan in dat je mensen vraagt in een vampierskostuum naar je huwelijk te komen. Jimbo was op z'n minst open-minded. Zolang het niet om muziek ging toch.

Bij het kiezen van je vrienden moet je er steeds op toezien dat ze minstens even geschift zijn als jezelf, en hetzelfde geldt voor de achterliggende families. Bij Jimbo had ik daarin misschien wat overdreven, bedacht ik nu ik die uitnodiging in handen had, terwijl Jimbo toch z'n lijstje van tien metalnummers die de jaren 1990 moesten voorstellen nog eens overliep.

Ik had honger en het speet me dat ik de lunch in Hotel Splendid had afgewezen. Mevrouw Mullier van kamer 208, die me bijna dagelijks waarschuwde voor de gevaren van eihoudende sauzen, zou zich luidop afvragen waar 'de jongen van Venkenray' was gebleven. Haar tafelgenote Marcella Brusselaars van kamer 302 zou daarop iets mompelen wat op een vloek leek. De volgende dag zou deze scène zich herhalen, zoals in die ene film met Bill Murray. Miste ik Mevrouw Mullier en haar goede raad? Niet echt. Maar ik had wel honger. Jimbo zou me niets aanbieden, behalve misschien een beduimelde, halfvolle fles Pepsi. Reclame voor beltoonabonnementen was het enige wat mij nog meer deprimeerde dan beduimelde, halfvolle flessen Pepsi. Je wist nooit precies hoe lang die al op Jimbo's kamer lagen. Dat konden jaren zijn. Ik vroeg het hem nooit, maar ik ging ervan uit dat Jimbo vond dat Coca-Cola van de gelijknamige Company voor burgers was, of voor countrytrutten.

*

'Heb je nog iets te vertellen, Venkenray?' Jimbo deed die vraag klinken alsof hij een drilinstructeur was die een groene rekruut op zijn eerste trainingsdag meteen duidelijk wilde maken hoe de kaarten lagen.

'Niet echt.'

'Weet je, Venkenray...'

Jimbo liet zich zakken in zijn stoel.

'...het leven is meer dan een collectie cd's en enkele gitaren.' Dat klonk als de paus die zei dat je het belang van die Jezus nu ook niet moet overschatten.

'Neem nu River...'

'Wie?'

'River. Zoals rivier, maar dan in het Engels.'

'Ah, echt?'

'Niet de grapjas gaan uithangen, Venkenray.'

'Vertel me dan wie of wat River is.'

'River is mijn lief, natuurlijk. Aap.'

'Je wat?'

'Venkenray, je werkt op mijn zenuwen.'

Jimbo sloeg enkele knoppen aan op zijn toetsenbord en draaide vervolgens zijn bureaustoel in mijn richting.

'Dit is River.'

Op het scherm van Jimbo verscheen een freule met gitzwart haar. Op zo'n vriendensite had ze zichzelf onder de naam xxxReAdMyPuRpLeLiPsxxx tentoongesteld. Alsof River niet dramatisch genoeg was. In bluegrassnummers was the river vaak een nogal pathetische metafoor voor wijsheid of geloof, maar daar had Jimbo's River weinig last van, leek me. Ze woonde in Lavegem, een plek waar ik nog nooit van gehoord had. Ze was achttien en haar favoriete dier was een roze olifant. Als job had ze 'feesten en lam zijn' opgegeven.

Jimbo had River leren kennen via deze website, en was verliefd op haar geworden. Volgens mij was dat technisch niet mogelijk, en was hij feitelijk verliefd op een combinatie van pixels. Ik begreep heel dat internetgedoe niet helemaal. In het Splendid had ik geen computer. Mevrouw Spillere zou me die van haar wel laten gebruiken als ik dat zou vragen, maar ik vroeg het nooit. Andy, de barman, die zeurde ook voortdurend over fora en boards waar hij eindeloze staartdiscussies voerde over welke basversterker nu het meeste body en punch had.

Ik zou Jimbo en Andy moeten koppelen. Die twee zouden uren zoet zijn. Ik vertelde Jimbo dat ik hem iets moest vertellen, iets belangrijks. Maar daar had hij geen tijd voor, zei hij. Douchen moest hij nog doen, en zich omkleden en zijn tanden poetsen, want hij had afgesproken met River. Op internet. Om te chatten. Toen ik zei dat het nonsens was om je op te maken voor een digitaal afspraakje, schold hij me uit voor arrogante betweter en maakte hij een lage opmerking over Elise. Dat ik haar ook nog nooit in levenden lijve had voorgesteld aan hem en zo. Jimbo kon mijn reet kussen.

*

Op mijn weg naar buiten kwam ik Lydia tegen in de hal. Ze zag er goed uit, een beetje rood aangelopen. Huismoeders die thuiskomen lopen altijd een beetje rood aan, omdat ze met zoveel dingen moeten sleuren, denk ik.

'Hoi, Max.'

'Dag, mevrouw.'

'Ben je daar weer met die "mevrouw"? Noem mij maar gewoon Lydia.'

'Oké, Lydia... Alles goed?'

Waarom vroeg ik aan de moeder van Jimbo of alles goed was? Dit moest wel tegen een of andere ongeschreven regel zijn. De moeders van vrienden zijn altijd oké, en anders hoor je het wel van de desbetreffende vriend. Eigenlijk wist ik dat het niet zo goed ging met Lydia, door heel dat verhaal met de huwelijksuitnodigingen.

'Ik heb de uitnodigingen gezien...'

'Ah zo.'

'Ik ging net vertrekken. Tot binnenkort.'

'Je zou toch denken dat jongens ooit mannen worden, niet, Max?'

'Euh, ja.'

'Waarom geldt dat niet voor mijn zoons? Kijk nu naar jou, jij woont al een jaar zelfstandig.'

'Ik woon in een hotel.'

'Precies.'

Uit Jimbo's kamer klonk gedempt gebrom. Zelfs als hij verliefd was, speelde hij metal. Ik begreep plots waarom Lydia er vaak zo moe uitzag. Had ik iets tactvols moeten zeggen over 'Dresscode: Funeral'?

'Ik wil je niet ophouden.'

'Dat is geen probleem. Echt. Helemaal geen probleem.'

Ik had zin om heel de namiddag met Lydia op de

sofa te liggen. Een beetje praten terwijl we elkaar zouden strelen. Halfnaakt, half slapend. Luie babbelseks met Lydia, in haar eigen woonkamer, dat leek me een perfecte manier om dat gezever met Staf uit mijn hoofd te zetten.

'Is Jimmy boven?' Daar ging de fantasie.

'Ja. Hij is aan het studeren, denk ik.' Lydia moest lachen.

'Je bent een goed ventje, Max.'

Een ventje? Komaan zeg.

'Ik zie je gauw weer.'

'Oké, mevrouw.'

'Lydia.'

'Lydia.'

Ik wandelde het pad van Jimbo's huis af met het gevoel dat het de laatste keer was dat ik dat pad zou afwandelen. Uiteraard was dat niet zo. Ik vond dat Jimbo mij verraden had, met zijn internetvriendin. Dit was echt iets voor hem, doorlullen over die stomme metal en de jaren 1990 en je dan plots een idioot noemen omdat je nog geen vriendin hebt, terwijl hij natuurlijk gebeiteld zit met een trut die hij alleen nog maar in pixels heeft gezien, niet in, bijvoorbeeld, ondergoed.

Jimbo had zijn nut wel weer bewezen. Gewoon door zichzelf te zijn, gaf hij mij de perfecte reden om boos te zijn op hem, om al mijn frustraties op hem af te schuiven. Ik had mezelf weer mooi wat extra tijd gekocht waarin ik niet aan Staf of Millie of Roy of de onvindbaarheid van Elise moest denken. Ik had al gezegd dat Jimmy Rietslaghers, die al drie jaar op zoek was naar een baan en ondertussen bij zijn alleenstaande ploetermoeder woonde, een beste kerel was. Ik gunde hem zijn internetlief. Zolang hij maar bij die debiel van een Sam wegbleef.

Het was een eind wandelen naar de eerste metrohalte. De tweelingzusjes die de dag voordien nog die klagerige Counting Crows door hun raam lieten schallen, hadden dat raam gesloten en ze zaten niet op hun eeuwige bankje. Waar zaten die twee trutten? Vreselijk als alles lijkt te veranderen, behalve jijzelf. Ik voelde hoofdpijn opwellen. Wat had ik nood aan een douche. Douches wassen vuiligheid en hoofdpijn zo van je lijf. Soms zou ik een hele dag onder de douche willen staan. Mijn badkamer in Hotel Splendid was klein, maar je hoefde er nooit tweemaal dezelfde handdoek te gebruiken. Dat is heel wat. Ik was mensen die dezelfde handdoek meermaals gebruiken viespeuken gaan vinden – beseffende dat ik mij hierdoor als smetvrezende enkeling tegen de rest van de wereld positioneerde. Misschien deed ik het net daarom.

4

De metrohalte Holberg-West was er een die zich leek te schamen voor haar eigen lelijkheid. Ze had daar alle reden toe. De muren verstopten zich achter afgebleekt en volgespoten blauw tegelwerk. Het leek wel of je in een leeg, verlaten zwembad was beland, dat nu gebruikt werd als openbaar toilet en ontmoetingscentrum voor mensen die incestueuze verledens en vieze naalden deelden. Het rook er naar verkalkte urine en ik voelde me niet echt lekker.

Eerst keek ik ernaar uit om uit dat metrostation te geraken, frisse lucht op te snuiven en te ontdekken dat Holberg ook maar een wijk is als elke andere. Verhalen over wijken zijn altijd erger dan de eigenlijke plaatsen, dacht ik. Maar eens ik buiten was, wilde ik liefst weer naar binnen. Wat was me dit voor een deprimerende samenloop van bouwkundige en allerlei andere omstandigheden. Woonde Gertjan hier? Ik kende plekken waar het gezelliger kamperen was.

Het verlangen om in New York te zijn en daar de zware jongen uit Brooklyn uit te hangen kwam me nu op de schouder tikken om me dan meteen in het gezicht te slaan. Ik hield van mijn veilige stadswijk en het feit dat de voetpaden schoon werden gehouden. Ze zeggen wel dat New York heel wat veiliger is sinds 9/11, maar ik weet niet of ik dat moet geloven. En trouwens, hoe relatief is veiligheid? Liever in een gevaarlijk Wenen dan in een veilig Mexico City, om maar iets te noemen. Terwijl ik door Holberg wandelde, wat eigenlijk ook maar een verpauperde volkswijk was, met wat hoeren en groepjes Zweden, besloot ik mijn grote reizen naar andere continenten en tropische steden nog even uit te stellen. Met Zweden bedoel ik Marokkanen. Jimbo en ik hadden ooit besloten Marokkanen Zweden te noemen, om niet voor racisten versleten te worden. Jimbo had sowieso al last van vooroordelen, met zijn zwarte T-shirts en zware laarzen. Wat miste ik de naar vanille ruikende Mercedes van Jan Klaassen plots. 'Rijden, Klaassen, go go go!' zou ik hem bevelen. En dan langs riante staatsgebouwen en hoge zakentorens in het centrum. Waar zou Elise geweest zijn? Vast op een picknick in het midden van een veld met heidebloempjes, met een boek en een fles wijn uit de kelder van haar papa. Ik zou de papa van Elise moeten ontmoeten. Dan vraag ik hem of ik zijn dochter mag huwen, waarop hij een dure fles wijn uit die kelder haalt. Weer een moment om naar uit te kijken.

*

Doctor Moeder had me ooit verteld dat Gertjan in de Kroonstraat woonde. Nu was het even geleden, maar er was een periode dat Millie me bijna dagelijks belde. 's Avonds, als ik wat tv lag te kijken. Nu had ze daar geen tijd meer voor, met haar Jay Jay. Hoewel het waarschijnlijker was dat ze me niet meer opbelde omwille van een soort schaamte. Dat kon ik wel appreciëren van haar, de ongemakkelijkheden die nu eenmaal bij een gezin komen kijken tot het minimum beperken. Ik was blij met de gedachte dat Millie misschien wel blij was met haar Jay Jay. Hij zat er warmpjes bij, dus ik zou niet tot mijn vijfenzestigste airco-installaties moeten zuiveren om in haar onderhoud te voorzien. Al het geld van opa Eugène Venkenray was er bijna door aan hotelrekeningen, dure hemden, een aanzienlijke collectie dvd's, heel wat bluegrassplaten en blinkende cadeautjes die ik bij me hield voor wanneer ik Elise weer zou zien. Als al mijn geld op zou zijn, rekende ik op de broederliefde van Gertjan, die het geld van zijn erfenis ergens op de bank had staan, de idioot.

Staf had grappige ideeën over geld. Op een dag stelde hij me voor eens na te denken over wat het duurste zou zijn: een huwelijk en een vrouw voor de rest van je leven, of een huishoudster en een hoer betalen voor de diensten die zulke mensen doorgaans leveren. Het voordeel lag hem er volgens Staf in dat je de mate en het tijdstip van de dienstverlening perfect kon controleren. Ook verandering en verjonging van het personeel zouden geen enkel vervelend emotioneel, juridisch of financieel probleem stellen. Voor een romanticus was Staf soms erg pragmatisch. Hoewel het in zijn logica eigenlijk wel klopt. Als je toch buitenshuis naar romantiek op jacht moet, kan je de dagdagelijkse dingen beter uitbesteden. Millie kon ongelooflijk zagen over pietluttigheden, waardoor ik soms begreep waarom Staf zijn vrolijke ritjes niet kon missen. Hopelijk heb ik nooit zo'n vrouw, die boos is omdat ik vergeten ben een tros bananen mee te brengen uit de supermarkt, of omdat het weer dinsdag is in plaats van woensdag.

Moest Staf zijn stoere theorie in praktijk hebben omgezet, dan zou er nu wel niemand zijn die hem kwam bezoeken in het ziekenhuis. Anderzijds zou hij misschien geen zoon verloren hebben. Ik betrapte mezelf op de gedachte dat ook nu nog niemand Staf was gaan bezoeken. Dat was niet helemaal eerlijk, als je bedacht hoeveel efficiënte huishoudsters en geile hoeren die man voor ons achterwege had gelaten. Ik kreeg een krop in de keel, maar dat kon ook uit medelijden zijn met de figuren die in deze wijk rondzwierven en je aanstaarden zoals die oude mensen in de gangen van het ziekenhuis. Hopelijk word ik nooit beroemd. Rijk en onberoemd, dat moet het beste zijn wat er bestaat.

*

De Kroonstraat moet zijn naam in een betere stadswijk gestolen hebben. Mensen die niet meespeelden aan de grote tafel, kwamen hier terecht. Of waren hier geboren. In dat geval sprak je van een oorzaak, en niet van een gevolg van hun omstandigheden. Ik had ze wel gezien, de feelgoodfilms waarin een neger met een zuiders accent of een mongool zich ondanks vele tegenslagen toch tot sterspeler van zijn team of tot succesrijk ondernemer ontpopte. Goed om een Oscar mee te winnen, maar eens je door de Kroonstraat wandelde, zo zonder die soundtrack of Michelle Pfeiffer, kwam je er niet ver mee. Een man zat op de stoep, met zijn rug tegen een auto. Hij had geen tanden meer, of toch niet meer dan stompjes. Je zag die kerels ook in het centrum natuurlijk, maar daar maak je er abstractie van. Nu leek het wel of ik bij hen thuis op bezoek kwam.

Het was even schrikken toen ik Gertjan letterlijk tegen het lijf liep. Hij stond op straat een sigaretje te rollen. Ik wist niet dat hij rookte, maar ik zei er niets over. Gertjan leek blij me te zien, maar kon het toch weer niet laten een flauwe grap te maken.

'Welkom in Residentie Kroonstraat, meneer Venkenray. Zal ik je pakken dragen?' Ja, ook ditmaal slaagde hij erin erg hard met zijn eigen witzigheid te lachen. Ik was hier als gast, dus lachte mee.

'Alles goed, broertje?'

'Tiptop.'

'Kom binnen.' We wandelden door een grote poort naar binnen. Je moest er eerst tegen schoppen en dan oppassen om je hoofd niet te stoten tegen een laaghangende balk. Airconditioning was er niet. Daarom droeg hij van die lichte hippiehemdjes en flodderbroeken. Hoe hield hij het hier uit?

'Doe wel je schoenen uit, als je wil.'

'Oké.'

'Dat was een grapje, onnozelaar.'

'Oké.'

Ik moet bekennen dat ik het erger had verwacht. Er viel verdomd veel licht door de hoge ramen van Gertjans... ja, wat was het eigenlijk. Zijn atelier, verondersтел ik. Een soort opslagplaats was het in feite. Een pakhuis dat met de juiste interieurarchitect tot een dure loft zou kunnen worden omgebouwd. Nooit begrepen, dat gedoe rond die lofts, zoveel betalen en geen kamer hebben om je in op te sluiten. Dit gebouw in een hippe buurt en met videofoon, en het zou nog iets voor Jay Jay kunnen zijn.

'Waar zijn je cavia's?'
    'Project Cavia is afgesloten.'
    'Hoezo?'
    'Cavia's zijn verraderlijke beestjes, broertje.'
    'O, ik dacht...'
    'Als het voor jou niets uitmaakt, zou ik er liefst niet meer over praten.'
    'Tuurlijk niet.'
    'Bedankt.'

In Gertjans atelier hing een geur die me aan kippenhokken deed denken. Droog zand en stof. En drek. Ik hield me in om daar een grap over te maken. Soms moet je zelfs je eigen broer wat ontzien.

'Het ruikt hier naar kak, ik weet het.'
    'Was me nog niet opgevallen,' antwoordde ik, alsof het er rook als een dure interieurwinkel waar ze koloniale spulletjes verkopen. Als hij dacht dat ik gekomen was om hem de grapjas te laten spelen, had hij het mis. Ik kwam met een boodschap. Een fucking trieste boodschap. Zakelijkheid was geboden.

Natuurlijk schrok ik toen Gertjan me vervolgens vroeg of ik het nieuws al vernomen had. Dat had mijn tekst moeten zijn.

'Ja,' zei ik snel, alsof we erop betrapt waren over een staatsgeheim te praten. Goed, knikte hij. Dat ik wel blij zal zijn, zeker? Dat vond ik toch wat sterk gesteld. Staf was misschien niet mijn beste vriend, maar om te zeggen dat ik hem met plezier uit een raam zag vallen? Ik dacht altijd dat ik de sarcastische lul was van ons tweeën. Waar was de softe Gertjan gebleven, die van dromenvangers en blije zangstondes?

*

De nacht toen Roy door Godelieve Martens, een huisvrouw die van de koorrepetitie naar huis reed, van zijn brommertje werd gemaaid, en daardoor in coma ging, was er niemand thuis. Roy was gewoon de oprit van het huis van Millie en Staf af gereden, de straat op, op weg naar een vriend, om het over meisjes en brommertjes te hebben. Godelieve Martens was een lieve vrouw, ze reed met een grote gezinswagen, ze had niet gedronken en was niet verslaafd aan pillen of zo. Ze had hem gewoon niet gezien. Soms is het leven en de bijbehorende dood nu eenmaal zo simpel. Er valt niet veel glorie te halen uit 'gewoon niet gezien'. Je kon Godelieve Martens niet haten. Als je haar haatte, dan haatte je het leven op zich. Ergens weet je dat Roy ook altijd als een waanzinnige zot de straat op vloog, maar dat wil je niet luidop gezegd of gedacht hebben, dat is te gruwelijk. Want dat betekent dat jij of ik hem evengoed had kunnen aanrijden. En wat dan.

Staf Venkenray, journalist met middelmatig succes, auteur van veel ongeschreven boeken en verbitterd door een dode vader die hem in hun laatste scène samen niet die laatste, alles-vergevende open armen had aangeboden. Ook Staf had dat niet gedaan. Koppige ezels die ze allebei waren. Staf Venkenray, echtgenoot van Millie, die door haar zoons respectievelijk moeder, Doctor Moeder en mams genoemd werd, had zijn gezin verteld dat hij die avond thuis zou zijn. Een boek zou lezen. Wat tv zou zappen. Een film van Fellini of zo zou herbekijken. Een glaasje rood zou drinken. Wat een fucking levensgenieter, die Staf Venkenray. Wat een geweldige geest.

Maar Staf was niet thuis. Staf had wel wat beters te doen. Staf moest zo nodig al zijn mislukkingen en angsten gaan verneuken bij een van zijn Alfa-vrouwen. Want Millie, o nee, die was niet goed genoeg voor meneer. Die was zo serieus, Max Eugène, en die wist niet wat genieten was. Koop die vrouw een cabrio en een cd met Spaanse muziek, maar neem haar in godsnaam niet serieus.

Godelieve Martens zou in shock naar de voordeur zijn gehold en als een gekkin op de deur hebben staan bonken. Niemand kwam opendoen, en ondertussen lag Roy daar als een aangeschoten dier op straat te bloeden. Godelieve en Roy hadden die avond de pech gehad elkaar te ontmoeten. Godelieve overleefde hun ontmoeting wel. Godelieve Martens zou mensen als Doctor Moeder wel wat geld gaan opbrengen, maar verder kon haar leven gewoon doorgaan. Vandaag is ze waarschijnlijk weer haar kinderen gaan oppikken of met haar vriendinnen van het koor op restaurant geweest. En dat gun ik haar.

Staf daarentegen... Tot voor die avond had ik hem altijd een lakse hippie gevonden. Geen groot voorbeeld als vader, maar vaders die grote voorbeelden zijn zitten toch vooral in films met Denzel Washington. Staf was geen kwaaie gast. Zijn problemen waren erg comfortabel en typisch voor een rijke, blanke man. Dat had ik van hem geërfd, de bedenkelijke kunst om in een bijna perfecte wereld toch onder het juk van een verschrikkelijk drama gebukt te gaan. Als ze je favoriete tandpasta niet meer hebben in de supermarkt, bijvoorbeeld, dan moet je daar niet te licht over gaan.

Maar dat uitgerekend hij, met al zijn nachtelijke gezever over vrouwen en passie, er niet was op dat ene moment dat hij er moest zijn, dat kan ik niet aanvaarden. Voor een keer dat het niet Millie was die haar gezin moest recht houden, maar hij. En zelfs zonder de held uit te hangen. Gewoon door thuis te zijn. Door niet te liegen en zoals afgesproken op de bank te zitten met een boek van een of andere Zuid-Amerikaanse filosoof. Als hij godverdomme meteen een ambulance had gebeld, of zelf als een razende gek Roy naar het ziekenhuis had gebracht... Misschien hadden we dan nooit weken in die groene gang moeten kamperen, wetende wat volgen zou, zonder dat te durven uitspreken. Daar, die avond, lag Stafs kans om voor de rest van zijn leven de blanke Denzel Washington van de Huidevetterslaan te zijn. Maar hij kwam te laat.

Letterlijk. Ik schaamde mij daarvoor in zijn plaats, omdat zoveel schaamte te veel om te dragen moet zijn voor één man alleen.

Soms droomde ik dat Staf die avond wel thuis was, en dat hij het verhaal hoe hij Roy redde met veel zin voor spanning en drama vertelt aan een tafel vol van die geleerde gasten van Doctor Moeder. 'Roy!' Ze roepen hem erbij. Een litteken boven zijn linkeroog, dat is alles wat nog getuigt van die avond. Roy ziet er goed uit, hij is geen kunstenaar, noch metalverzamelaar, noch bluegrasstrut. Met zijn naam zou hij zo de zoon van Denzel kunnen geweest zijn. Roy Washington, een knappe jongeman met een sexy litteken boven zijn linkeroog.

Als ik uit zo'n droom wakker schoot, dan was ik blij dat ik in Hotel Splendid was. Ik zou me ziek als een hond voelen, en de stem in mijn hoofd zou me weer doodverklaren, maar in die kamer, die van mij maar ook van de Spillere's en tegelijk van niemand en iedereen was, voelde ik me veilig. Of tenminste op neutraal domein. Moest ik wakker worden in het huis van Staf en Millie, ik zou schreeuwen van woede en verdriet. Schreeuwen in een hotel, dat doe je niet. Om een of andere reden. Nooit meer intimiteit, misschien was dat mijn redding.

Toch vond ik het overdreven om Stafs val niet als verschrikkelijk nieuws te zien. Het was niet zijn verdiende loon of zo. Zo simpel zitten die dingen helaas niet in elkaar.

'Blij? Nee, natuurlijk ben ik niet blij.'

Kwaad, dat was ik. Niemand zou mij het recht afpikken om het meest kwaad te zijn op Staf. Gertjan moest zwijgen en huilen. Klotekunstenaar.

'O? Ik dacht dat jij een hekel had aan Joost Jonkers. Wat ik overigens best begrijp, iemand die zichzelf Jay Jay laat noemen, is sowieso een idioot.'

Dat Millie Jay Jay zou dumpen, had ik niet zien aankomen. Enkele uren geleden stond die pummel nog op haar te wachten voor het gebouw van AirControl. En waarom had ze mij dat niet laten weten? Ja, dat is waar, ik had mijn gsm weggegooid. Maar toch. Echte moeders vinden een manier om hun zoon te pakken te krijgen.

'Moeder nam niet op, dus belde ik Jay Jay. Die vertelde me dat moeder hem in de steek had gelaten na een ruzie vanochtend. Die kerel was er echt niet goed van. Maar kom, wie noemt zichzelf nu Jay Jay.'

'Een idioot.'

'Precies.'

Enkele ogenblikken later stormde Gertjan zijn atelier uit nadat hij me eerst een klap in mijn gezicht had gegeven. Daar schrok ik wel even van, zoals die ervandoor ging. Alsof het mijn schuld was dat Staf door dat raam gesprongen was. Daar, het was eruit. Gesprongen. Die domme lul was gewoon uit een raam gesprongen.

Ik vroeg Gertjan of hij dan nog niet gehoord had dat Staf Venkenray er niets beters op had gevonden dan uit een raam te donderen. Ik had Gertjan nog nooit zo kwaad gezien. Hij greep me vast en duwde me tegen een van die grote ramen aan. Ik dacht dat het glas zou breken, maar dat deed het net niet. Ik duwde hem van me af, en hij bleek wat te kalmeren. Vervolgens gaf hij me die klap. En toen liep hij weg. Ik vond zijn reactie nogal overdreven. Ik was tenslotte helemaal naar dat smerige Holberg gekomen om hem op de hoogte te stellen. En om dat bewuste raam van Staf te zien.

5

'Een piske stinkt ook,' vertrouwde Irma mij toe, terwijl ze uit een slecht verlichte achterkamer weer tevoorschijn kwam. Minder dan een minuut geleden had ze onder mijn ogen in haar handen gespuugd. Dat was onaangenaam, en ik wil er niet meer aan denken. Irma was een mooie vrouw, ze verdiende beter dan een leven waarin in je handen spugen er nu eenmaal bij hoorde. Irma verdiende een huis met een grote eilandkeuken en een lieve labrador die stinkt noch likt. Het was anders uitgedraaid voor Irma, jammer voor haar. Bij de grote verdeling van het geluk in het leven was ze net even buiten een sigaretje gaan roken. Onder haar goedkope Kruidvat-make-up zat een onafgewerkt meisje dat nooit meer zou worden dan dat, enkel ouder en ongewenster.

Irma droeg een trainingsbroek van een supermarktmerk en een bloesje dat vijftien jaar te jong was voor haar. Ze deed aan sport, dat kon je zien. Ofwel liep ze de godganse dag de trappen van dit smerige hotel op en af, dat kon ook. Irma leek me niet zo'n trut die geloofde dat wellness a total state of well-being is. Ze had haar haren opgestoken, zoals vrouwen die op hun knieën de grond boenen of prinsessen uit tekenfilms die nog met de hand getekend zijn. Nee, total well-being leek gelukkig niet toepasbaar op Irma.

De reden waarom Irma in haar handen had gespuugd, was de aanwezigheid van een pisgeurtje. Dat ze dit nog merkte duidde op een erg ontwikkelde reukzin, of op een lange geschiedenis in deze wijk, waardoor je de pisgeur die er vanzelf hangt al niet meer opmerkt. Voor mij rook het allemaal even urinaal in deze buurt. Staf zou hier nooit kunnen wonen. Echt, nooit. Hij was de man die een halfuur aan de bussen badschuim en douchezeep stond te snuiven in de supermarkt, terwijl Millie de echte boodschappen deed. Het eigenlijke voedsel en zo. Staf was een sofastrijder, een gewatteerde rebel. Gertjan was dat ook in zekere zin, hoewel ik hem op een vreemde manier respecteerde in zijn lak aan luxe. Ik voelde niet langer dat smalende genot wanneer ik Gertjan als een idioot afschreef. Misschien werd ik oud en soft. Maar voor de eerste keer sinds we kinderen waren en hij een speelkaart tussen de spaken van mijn fietsje kon laten flapperen, had hij indruk op mij gemaakt. Als oudere broer. Ik was onderweg ergens vergeten dat Gertjan mijn oudere broer was. Dat hij er al langer was dan ik, kon ik moeilijk vatten. Als ik Elise ooit terugvond, zou ik haar aan Gertjan voorstellen. Op een neutrale plaats. Zoals grand café Le Dandy in de bovenstad, waar het naar mijn beste inschatting niet naar caviakak of kippenhok zou ruiken.

Irma zei: 'Het tocht hier als een apengat, maar zo ruik ik het wel meteen als er weer een niet heeft doorgespoeld. Ik zeg het hun zo vaak...'

Toen was ze weggegaan om enig gestommel en een ontlastende stortbak later terug te komen met de mededeling dat ook een piske stinken kan. Ik zei van ja, zij snoof.

'Vrouwen die in handen spugen en snuiven,' zou ik bij thuiskomst aan mijn Dood Van De Seks-lijstje toevoegen. Vreemd, ik noemde het thuiskomst, het weer aanbelanden bij Hotel Splendid. Lag dit aan de maternale boezem van Mevrouw Spillere of aan de urinoire vergiftiging die mij daar te Holberg te beurt was gevallen – ik weet het niet.

Misschien moest ik op zoek naar een ander hotel, een onhuiselijke plek met sofa's in knalrood nepleer en een hoog verloop van personeel. Jonge mensen met exotische namen, die per glimlachend uur betaald worden om je Mister of zelfs Sir te noemen en eruit te zien alsof ze de spermavlekken op je onderlakens zo zouden komen schoonlikken, en je er dan nog voor zouden bedanken ook. Om me helemaal in te kapselen tegen de realiteit van pisgeurtjes en dronkenlappen die je onderkotsen, zou ik een pak kopen. Nee, ik zou het op maat laten maken. Met Engelse wol en Italiaans ontwerp. Misschien kenden de Spillere's wel iemand die me daarbij zou kunnen helpen. Het is geen geheim dat alle Italianen ter wereld familie zijn van elkaar. Ik zou het gezicht van Jimbo willen zien als hij me in zo'n pak zijn huis ziet betreden. 'Homo,' zou hij zeggen en ik zou van zijn bekrompen afkeuring genieten als was het een storm van complimenten. En Elise, die zou me helemaal verslinden als ze mij zo zag. Overdag zou ik in het winkelcentrum aan airco-installaties sleutelen en flirterige praatjes maken met Jo van de koffiebar, maar 's avonds zou ik een taxi laten voorrijden aan een hotel waar piccolo's werken, of hoe heten die lui in hun circuspakjes.

Liever een Mister in maatpak dan een klant van Irma. Hoewel ik moet benadrukken dat ze, moest ze enkel op glossy foto's bestaan hebben, best een mooie vrouw was geweest. Internetromeo's en andere Jimbo's zouden enkele fotopagina's aan haar wijden. Maar Irma was een meisje van achter in de veertig. Ze stond achter de balie van hotel Le Cordial*, een hotel dat zelfs in het verste verleden niets met glorie te maken had, en waarvan je verwachte dat die ene * een verwijzing was naar een voetnoot die het gebruik van vuurwapens in de gemeenschappelijke delen verbood.

Waar ik voor gekomen was durfde ik niet te vragen, dus vroeg ik wat anders. Ik vroeg of ze dit werk al lang deed. Ja, zei ze. Of was het nee? Ik was te zenuwachtig om op antwoorden te letten.

'Straf, zeg,' antwoordde ik op mijn beurt. Stilte. En nog een beetje. Dingen die ik dacht te herkennen in de stilte waren onder andere ratten in de spouwmuren, een koppel dat ofwel gortdroge seks ofwel ruzie had, een toilet dat doorliep en zeker drie verschillende alarmsirenes.

'Irma, dat is een mooie naam,' kwam er uiteindelijk uit. Wat moest ik anders? De zin zonk traag tot Irma door, bijna even traag als bij mij het besef dat ik stond te flirten met een urinofiel meisje van in de veertig, met spuug in haar handen en een fixatie op spoelbakken.

'Het toilet loopt door,' zei ze.

Ik confirmeerde dat met de mededeling dat het mij ook al was opgevallen, daarnet, toen het even zo stil was. Of ik iets van sanitair kende? Nee, enkel van airco. Ah, die was ook stuk, zei ze alsof dat een leuk toeval was. Voor ik het wist volgde ik Irma naar de kelder.

Terwijl ik voor de vorm enkele keren tegen de luchtkoeler sloeg, stelde ik dat alle kosten voor eventuele reparaties weggesmeten geld zouden zijn. We hadden te maken met een oud model van Carrier. Mensen in de airconditionerende industrie weten dan hoe laat het is. Misschien lag het aan de warmte, het rondwarend stof en de hoofdpijn, maar ik kreeg de indruk dat Irma mij probeerde te verleiden door met haar tong over haar lippen te glijden. Ofwel had ze erge dorst gekregen, van al dat spugen. Ik begreep er niets van, maar zou later vertellen dat ik seks had gehad in een sauna, met een mooie hotelière. Je moet het leven soms wat boeiender maken dan het zich strikt genomen aanbiedt.

'Mag ik de kamer van Staf Venkenray zien, alstublieft?' Het was eruit.

*

De deur van Stafs kamer sloot niet goed. Een goed sluitende deur, was dat niet de essentie van een hotelkamer? Ik speurde de kamer af op tekenen of hints. Waar had Staf sporen nagelaten? Nergens, zo leek het op het eerste zicht. Maar dat kon natuurlijk niet, Staf had de zin voor orde en precisie van een dronken hooligan, zo'n man laat sporen na zonder ergens aan te komen.

'Hij had niet veel bij zich,' sprak Irma, een vrouw die me had proberen te verleiden en meteen daarna weer in haar rol van huisbewaarster was gevallen. Voor Irma bleef wat in de kelder gebeurde in de kelder. Ik stemde stilzwijgend in met die politiek.

'Een kleine koffer met wat kleren, dat was het zoal.' Irma begon de kamer af te speuren naar vuil.

'Ik liet alles voor hem wassen bij Giorgio Barone, want bij Huysmans komt de witte was grijs terug.'

Ik zou mijn ondergoed nooit toevertrouwen aan iemand die zijn onderneming Giorgio Barone noemt. Irma had duidelijk haar geloof in de mensheid nog niet verloren, en dat was mooi. Mensen die de beste redenen hebben om cynisch te worden, lijken er vaak het best tegen bestand.

'Dat kan de bedoeling niet zijn van witte was.'

Ik had gelezen dat je jezelf sympathiek kon maken door met mensen in gesprek te gaan over hun eigen problemen, hoe ver die ook van je eigen wereld verwijderd waren. Interesse tonen zou ook werken.

'Zeker niet, nee. Niet dat mijnheer Venkenray erover geklaagd zou hebben, zo'n gemakkelijke man.'

'Had hij geen koffer boeken bij zich?'

'Boeken? Nee, boeken zeker niet. Hij had er anders wel de tijd voor. Altijd op zichzelf.'

'Kreeg hij nooit bezoek dan?' Heel even leek het alsof ik uit mezelf trad en Irma en Max Eugène zag figureren in een openingsscène van een misdaadserie waarin weinig geld wordt besteed aan decorbouw en dialoogschrijvers.

'Niet één keer. Maar da's hier normaal. In dit hotel krijgt nooit iemand bezoek, of het moet zijn dat ze iemand geld verschuldigd zijn.'

Ik twijfelde of Irma een grapje maakte. Haar zakelijke blik deed vermoeden dat dat niet het geval was. Le Cordial* leek wel dat hotel in *Taxi Driver*, waarin Robert DeNiro op het einde al die mensen gaat afknallen. Het behangpapier zag er nog goed uit, als je het zo bekeek.

*

Soms knipperde het besef wel even. Zoals een tl-lamp die niet goed meer werkt, maar soms wat witte bliksems vertoont met bijbehorend gereutel. Het idee dat Staf zichzelf van kant had willen maken. Waarom zou hij? Hij had het toch niet slecht? Hij was Staf, godverdomme, de man die het andere mensen moeilijk maakte, niet omgekeerd. Waar zou hij zo ongelukkig van kunnen worden? Hij had een hele garage vol Alfavrouwtjes met wie hij Millie bedroog voor de affectie en de liefde. Dat zou toch moeten volstaan om op een soort puberaal geluk door het leven te bollen. Blijkbaar niet, dan. Ik begreep geen bal meer van Staf. Hoe lang woonde hij al in die kamer? Meer dan zes maanden? Dus langer dan een halfjaar waren Staf en ik in slaap gevallen in een hotelkamer. Ik in het duurste deel van de stad, hij in het armste.

Ik zag Staf graag, maar het feit dat hij zich in een ziekenhuisbed lag af te vragen hoe het ooit zover gekomen was dat hij uit een raam van Le Cordial* gesprongen was, deed me weinig. Nee, het deed me veel, maar ik was er niet kapot van. Het was als een lekke fietsband. Je hebt liever dat het niet gebeurt, maar als het eens voorvalt draait de bol gewoon door. Ik wilde Staf niet dood. Nee, dat niet. Enkel mensen die je echt haat, die wil je dood. En dan nog, wat is dat, iemand dood wensen? Mensen hebben grote muilen en korte manen. De meesten zouden Hitler waarschijnlijk nog een tweede kans geven of zo. Ik had Staf het liefst als hij in leven was. Zo kon ik wat met hem dollen. Van alles in zijn schoenen schuiven. Hem plagen, hem verwensen, hem Staf noemen in plaats van pa, hem een idioot vinden. Maar was Staf wel een idioot? Dat moest wel. Als Staf geen idioot was, was ik er een, en dat kon toch niet? Met al zijn boeken, de dure citaten en al het mateloze gelul over l'art de vivre. Waarom zeiden mensen als Staf altijd alles in het Frans? Of in het Italiaans. Mario Spillere, ja, die murmelde weleens wat in het Italiaans. Van een Italiaan wil ik dat nog aannemen. Maar Staf? De verloren notariszoon die nooit half zo stoer werd als hij wel gehoopt had? Daar lach ik om. Ik lach om je, Staf, je bent een grappig kereltje.

*

'Nee, dat is waar. Helemaal in het begin kwam hier wel soms een vrouw op bezoek. Zijn vrouw of zijn lief, denk ik. Ze vertrok altijd in tranen en met een volle wasmand onder de arm. Een heel stille met lang haar. Aan haar blik zag ik dat ze zichzelf te goed vond voor dit hotel. Dat zie je na een tijdje wel, wie zich te goed voelt, en wie niet.'

Staf moet hier met zijn liefje hebben samengehokt. Hoe deed hij dat, na wat er met Roy gebeurde toch nog die vrouw zien. Heel even vond ik het best een gepaste oplossing dat hij uit dat raam was gesprongen. Als hij dood zou zijn, zou ik hem gemakkelijk kunnen vergeven. Ik stond bij het raam en keek naar beneden. We stonden op de derde verdieping. Het raam zag uit op een steegje. Niets bijzonders, eigenlijk. Net zoals het pistool van Sambo niets bijzonders was.

'Waar gaf mijnheer Venkenray vroeger les in?'

Ik had Irma op onze weg van de kelder naar Stafs kamer gezegd dat ik een ex-leerling was van mijnheer Venkenray. Sindsdien verwees ook zij naar hem als "mijnheer Venkenray". Ze geloofde meteen dat Staf ooit mijn leraar was geweest. Natuurlijk geloofde ze dat, waarom zou ik liegen?

'Wat denk je, Irma? Raad eens.'
    'Aardrijkskunde?'
    'Nee.'
    'Chemie.'
    'Al helemaal niet.'

Ze kwam na lang denken nog op de proppen met Frans, Engels en turnen. Ik zei dat hij inderdaad gymleraar was geweest, om het voor mezelf interessant te houden. Daar zou Staf boos om geweest zijn. Hij beschouwde zichzelf als een denker, en ik verdacht hem ervan een grote minachting te koesteren voor sporters en zo.

'Dat had ik niet verwacht,' zei Irma.
   'Nee, mijnheer Venkenray was allesbehalve een typische gymleraar.'

Ik zei tegen Irma dat ik maar eens moest vertrekken. Dat leek ze een goed idee te vinden, want ze knikte instemmend. Vervolgens vroeg ze of ik toevallig niemand in de familie van Mr. Venkenray kende. Ik zei dat ik niemand uit de familie van mijn ex-gymleraar kende. Jammer, zei Irma, want ze had een blikken doos van Mr. Venkenray gekregen met de vraag die enkel aan familieleden te bezorgen, moesten die ooit langskomen. Plots herinnerde ik mij dat ik de zoon van Mr. Venkenray soms tegenkwam in 't café. Dat leek Irma niet te overtuigen. Vrouwen zoals Irma zullen hun hand in je broek steken als ze je in hun kelder krijgen, maar op een blikken doos blijven ze zitten als een wantrouwige moederkloek.

Ik was genoodzaakt het trieste verhaal te vertellen. Het verhaal over de familie van Mr. Venkenray, die hem in de steek had gelaten. Dat ze nooit zouden afzakken naar Le Cordial* stond vast.
   'Dat is toch zonde,' zei Irma. 'Familie blijft tenslotte familie.'
   'Ja, eigenlijk is het om te huilen, Irma.'

'Ja.'

Irma haalde de doos uit een schuif van haar bureautje, beneden in de hal. Ze had tranen in haar ogen.

'Die arme Mr. Venkenray, hij was een goede gymleraar.' In al haar emotie begon Irma haar eigen verhaal te schrijven. Dat was geen probleem voor mij, het is een overlevingsstrategie als elke andere.

'Ik denk niet dat hij al dood is.'

'Hoezo?'

'U sprak over hem in de verleden tijd.'

Irma beet op haar lip, alsof ze net betrapt was op het stelen van een snoepje uit de kristallen schaal van tante Wies.

'Wat niet is, kan nog komen.'

'Dat is waar, Irma. Wat niet is, kan altijd nog komen.'

'Hoe heet je eigenlijk?'

'Max. Max Washington. Zoals de acteur.'

'Mad Max?'

'Nee, Denzel Washington.'

'Washington is een mooie naam.'

'Dank je. Irma ook.'

Ik betrapte er mezelf op te knipogen naar Irma. Het leek mij dan ook de hoogste tijd om te vertrekken. Van al dat liegen was ik draaierig geworden. En ik was natuurlijk nieuwsgierig naar de inhoud van die blikken doos.

Net voor ik de deur van Le Cordial* achter me sloot, vroeg Irma me nog of ik haar medeleven zou betuigen aan de familie van Mr. Venkenray. Ik beloofde haar dat te doen. Ik draaide me om en wierp een laatste blik op Irma en de stinkende hal van haar hotel. Toen ik buiten kwam stak de scherpe zon haar stralen door mijn kop. Die klap van Gertjan had er ook geen goed aan gedaan. Daar hadden we de altijddurende hoofdpijn weer.

6

Terug in mijn kamer in het Splendid liet ik me op mijn bed vallen. Daar bleef ik een poosje liggen. Ik weet niet meer waaraan ik dacht. Aan niks, vermoed ik. Als dat wetenschappelijk gesproken kan, dan dacht ik toen heel even aan niets. In films laten ze dan vaak beelden zien van de woestijn en voorbijrollende struiken. Alsof in de woestijn niets spannends kan gebeuren.

Toen stond ik op en draaide ik de douche open. Ik trok mijn bezwete kleren uit en gooide ze in de hoek van mijn kamer. Stom, want dan zou ik ze later weer moeten oprapen, maar dat kon me niet schelen.

Ik legde een plaat van Lori McKenna op en ging bijna drie nummers lang onder de douche staan. Staf, Elise, Gertjan, Jimbo, River, Millie, Jay Jay en Lydia, ze verdwenen allemaal in het kolkje tussen mijn voeten. Ooit had ik op tv een judokampioen horen zeggen dat douchen een essentieel deel van zijn training was. Dat idee lag me wel, want ik voelde me telkens een beetje een kampioen als ik daar zo stond te revitaliseren. Die andere dingen, zoals vroeg opstaan om te gaan joggen of push-ups doen in de regen, dat liet ik aan andere kampioenen over. In een volgende levensfase zou ik fanatiek gaan sporten en een brede borstkas kweken.

Misschien moest ik voor de zekerheid al een grotere maat van hemden beginnen te kopen.

Het weinige dat ik had staan qua baard, schoor ik af. Ik smeerde een lotion van Biotherm op mijn gezicht. Dat gaf een branderig gevoel, maar het potje had te veel gekost om daar klagerig over te doen. Mijn deodorant was van Dior en mijn hemd van Thomas Pink. Het had 129 euro gekost. Alles wat ik had was van duurzame kwaliteit, behalve dingen zoals mijn job en mijn lief. En mijn familie. Maar wie hemden van 129 euro draagt heeft minder nood aan familie.

Ik belde Millie, om te horen hoe het met haar was, en ook omdat ik niet goed wist wat anders te doen. Ze vertelde me over Jay Jay.

'Wie noemt zichzelf nu ook Jay Jay?' klaagde ze.

Ik wist niet of ze huilde of lachte. Zij ook niet, denk ik. Daarna waren we uitgepraat. Ik zei dat ik Stafs hotelkamer had bezocht. Dat leek haar te verbazen. Ze leek wel trots.

'En?' vroeg ze.

Tja, Millie, 'en'... Het was er lelijk en leeg. Terwijl ik op de blikken doos meetikte met Lori McKenna, loog ik dat hij er niets had achtergelaten. Om haar te beschermen. Eerst zou ik weleens kijken wat er in die doos zoal te vinden was. Je wist nooit wat die goeie ouwe Staf nu weer in petto had.

Gertjan had Millie gebeld vanuit het ziekenhuis. Ze hadden Staf in diezelfde groene gang gelegd waar Roy destijds gelegen had. Dat wilde zeggen dat hij afhankelijk was van machines. Soms werd hij wakker, had Gertjan gezegd. Dat klonk alsof Staf naar het ziekenhuis ging om er even lekker bij te slapen. Ik wilde het gesprek beëindigen.

'Weet je nog, toen we daar zaten, voor Roy?' vroeg Doctor Moeder.

Nee, Millie, dat wist ik niet meer. Wat bedoelde je precies. Ah, ja, toen de jongste gestorven was. Goh, goed dat je mijn geheugen even opfriste.

*

Wat ik mij het best herinner van Roys begrafenis, is dat er mensen zaten te kauwen. Alsof ze aan de bar op hun bestelling stonden te wachten en zichzelf ondertussen een cool imago wilden aanmeten. Mongolen en bankvullers. En allemaal een bidprentje scoren. Hypocriete aasgieren die Roy waarschijnlijk nooit echt goed gekend had. De geblondeerde liefjes van de zoons van de hulptrainer van de B-ploeg van Roys voetbalclub. Ramptoeristen van het laatste uur. Ik kon ze wel op hun lelijke kauwende kop slaan, maar deed het niet. Uit respect voor Roy. Wat kon hij eraan doen? Hij kende geen mongolen, Roy was puur. Hij zou tegen zijn oudere broer gezegd hebben dat hij het maar rustig aan moest doen, dat het allemaal niet zo erg was, dat het maar een plechtige plichtpleging was. Soms denk ik weleens dat hij er net op tijd aan ontsnapt is, aan het lelijke spel waarin je belandt na een bepaalde leeftijd. Afhankelijk van de dag besluit ik dan dat zoiets maar loze puberpraat is, en dat ik er Roy mee beledig.

Mijn bijdrage aan de dienst was het laten afspelen van een nummer van de zusjes Cox uit Tennessee. Dat vond ik toen een mooie gedachte, al weet ik niet meteen waarom. Ze zongen over heaven en blij zijn dat Jezus hun vriend was. Met al die muziek over Jezus was het zoals met pornofilms: zolang je niet naar de tekst luisterde was het best lekker. Volgens mij hadden al die bijbelzangeresjes trouwens erg zieke seksfantasieën over Jezus, die hen kietelde met zijn baard, vervolgens zijn lul in hun dikke reet stak en ondertussen nog iets bijzonders met een kruis deed ook. Ik geloofde geen losse zak van hemel en hel en het hiernamaals, denk ik. Het hele concept deed me alleszins niets. Zeker niet meer sinds een godsdienstleraar van het Heilandcollege me ooit uitgelegd had dat je het hiernamaals eigenlijk moet beschouwen als het hiernumaals. Je moest dus de a door een u vervangen, en die simpele ingreep maakte al het gezever over rijstpap en gouden lepeltjes op slag goed. Ik onthield van die les dat je het best nooit geloof hecht aan theorieën die op woordspelingen steunen.

De hele symboliek deed me dus weinig. Maar om die pure americanaweltschmerz door een strakke kerk te jagen, waar iedereen bij het binnenkomen een pruimpit in zijn gat krijgt die hij er tijdens het verloop van de dienst strak moet inhouden, dat vond ik een goede grap. Roy had dat vast ook gevonden, daar ben ik zeker van. Net zoals ik er zeker van ben dat hij ook een puike muzieksmaak zou ontwikkeld hebben. Dat hij mijn pad gekozen zou hebben, en niet dat van Gertjan, die naar van die rimboe-poncho-shit luistert. Ik had Gertjan ooit gevraagd of hij zijn lul had laten vervangen door een geurkaars, maar hij had dat niet grappig gevonden, wat meteen een antwoord was.

*

'Ik moet vertrekken,' zei ik kort. Millie vond dat goed. Ze bedankte me omdat ik haar had gebeld. Dat was graag gedaan. Of ik nog naar het ziekenhuis ging? Misschien. Dat hing ervan af. Ik wist bij god niet waar dat van zou afhangen.
    'Dag, jongen,' zei de Doctor.
    'Dag, moeder.'

Twee minuten later belde ik Olivier van het Heilandcollege. Sinds mijn vertrek uit het Heiland hadden we elk jaar met elkaar afgesproken. Ik zou niet weten waarom. Die twee uur samen zitten was een kleine prijs voor het idee van een vriend te hebben. Olivier zei dat ook letterlijk.
    'Het is goed om een vriend te hebben zoals jij, Venkenray,' zei hij dan, en dan ging er een jaar voorbij voor hij weer opbelde. Olivier was een zwak lichtje geweest in duistere Heilandtijden, ik kon hem die jaarlijkse viering van onze vriendschap niet ontzeggen. Volgens mij was Olivier erg eenzaam.

We spraken af in een café met een Franse naam, dat de faam had legendarisch te zijn. Je zag het er niet aan, behalve aan de maniertjes van het volk dat er doorgaans iets kwam drinken. Zij droegen het zware besef dat ze op dezelfde banken zaten waarop ooit een idiote schrijver ook had gezeten. Ik snapte daar niets van, maar ik begreep wel waarom Olivier net daar wilde afspreken. Olivier was een man van de wereld. Zijn kennis van steden was er een die uit literaire reisverhalen kwam. Misschien was hij daardoor net geen man van de wereld. Maar goed, we spraken af. Erg zakelijk. Snel geregeld. Ik voelde me een jonge ondernemer die tussen een vergadering en een partijtje squash snel iets ging drinken met een oude schoolmakker. Staf speelde ook wel in mijn hoofd, maar minder dan je zou denken of ik zou toegeven.

Toch nam ik na het afspringen van Lori McKenna's cd opnieuw de telefoon op om het ziekenhuis te bellen. De hoorn voelde nog warm aan. Een vrouw die klonk als een robot en naar eigen zeggen Gerda heette, verbond me door met de kamer. Ik beeldde me in dat Staf op net dezelfde kamer lag als Roy destijds. Het zou er weer zo warm zijn, met loom licht dat door die moedeloze gordijnen schuift. Gertjan nam op.

'Hallo.'
   'Dag, Gertjan.'
   'Hoe is het met hem?'
   'O, goed, hoor.'
   'Echt?'
   'Tuurlijk niet, Max Eugène. De man balanceert tussen straks ontwaken en nooit meer opstaan. Wat wil je nu dat ik daarop zeg?'
   'Sorry.'
   'Je moet je niet verontschuldigen. Stel gewoon geen domme vragen.'

'Is mama daar?'

'Nee.'

'Komt ze nog?'

'Ik weet het niet. Dat zal wel.'

'Wat ik me afvroeg... Waar zitten die cavia's nu?'

'Wat?'

'De cavia's. Wat heb je met ze gedaan?' Het bleef even stil.

'Die heb ik moeten vernietigen.'

'Vernietigen? Hoe vernietig je cavia's?'

'Hou jij van de lente, Max Eugène?'

'Boh. Weet niet.'

'Ik hou wel van de lente.'

'Weet je wie nog van de lente houdt?'

'Daklozen?'

'Erg grappig.'

'Sorry.'

'Nee, dat was echt grappig. Ik lach nooit luidop.'

'Uit principe?'

'Niet overdrijven met de grapjes, Max Eugène.'

'Mama houdt ook van de lente.'

'Ah zo? Dat heeft ze mij nooit gezegd.' Eigenlijk had ze mij dat wel ooit gezegd, maar ik voelde dat het niet het moment was om toe te geven dat je zulke dingen vergeet als zoon. In dit gesprek kwam het er blijkbaar op aan veel van je ouders te weten.

'Mij ook niet. Maar je ziet dat meteen.'

'Nooit opgevallen.'

'Je moet het wel willen zien, natuurlijk.'

Dat is waar. Gertjan wilde overal alles in zien, net als zijn moeder. Ik denk dat kunstenaars en gekke psychiaters heel veel met mekaar gemeen hebben. De ene is misschien iets wetenschappelijker, de andere wat luier of gestoorder.

'Waarom haat jij ons, Max Eugène?'
  'Wie – ons?'
  'Ons. Mama, papa, mij.'

Ik was niet enthousiast over de richting die dit gesprek uit ging. Het is zeer moeilijk om aan de kant te staan en commentaar te leveren op anderen als je zelf het gespreksonderwerp bent. Gertjan kende mijn zwakke plekken, hij was tenslotte mijn oudere broer. Het is een hele luxe om een oudere broer te hebben, als een soort vrijgeleide om van alles te mogen verpesten. Echt te bont kan je het nooit maken, want er is altijd nog een oudere broer om de verantwoordelijkheid over te nemen. Kon ik maar hetzelfde doen voor Roy.

'Heb je ze de nek omgewrongen dan, die cavia's?'
  'Niet van spoor veranderen, broertje.'
  'Natuurlijk haat ik jullie niet.'

Gewoon bekennen. Eerlijkheid is soms de lafste manier om uit de problemen te geraken. Op dat moment haatte ik enkel Elise, omdat ze niet aanbelde met een mand vol pannenkoeken en vruchtensap.

'Ik denk ook niet dat jij ons haat. Niet slecht bedoeld, maar jij bent niet sterk genoeg om iemand te haten.

Bekijk jouw schoudertjes eens. Daar laad je geen haat
op. Doe je nog aan sport?'
'Nee.'
'Da's goed. Sport is belachelijk.'

Ik ging nooit te weten komen wat er met die cavia's
gebeurd was.
'Ik moest maar eens gaan. Ik heb afgesproken met
iemand.'
'Elise?'
'Nee, niet met Elise.'

In zijn stilte betuigde Gertjan zijn spijt. Ik denk dat hij
graag wilde dat ik met een mooi meisje naar het park
kon gaan.

'Ik heb ze allemaal opgebrand, als je dat echt wilt we-
ten.'
'Wat?'
'De cavia's. Ik heb ze opgebrand.'
'Tuurlijk.'
'Echt waar.'
'Zieke lul.'
'Ik zie je in het hospitaal. Breng flessenwater mee, ik
vertrouw het water hier niet.'
'Er staat zo'n machine op de gang, met van die plas-
tic bekertjes.'
'Ik zeg toch net dat ik het water hier niet vertrouw.
Ik zie je straks.'
'Misschien.'
'Tot straks.'
'Tot later.'

Ik had genoeg gezweet om opnieuw onder de douche te kruipen, maar deed dat niet. Het lukte mij niet meer om in mijn rol van jonge ondernemer te kruipen. Ik had ook helemaal geen zin meer in die afspraak met Olivier van het Heilandcollege. Vrienden die elkaar twee uur per jaar zien, zouden in die tijd beter naar een film gaan kijken. Waarom zou ik in godsnaam willen herinnerd worden aan die vreselijke tijd in het Heilandcollege? Zoals vaak in het leven, of alleszins in het mijne, ging ik toch gewoon naar mijn afspraak, alsof mijn gedachten geen controle hadden over wat ik deed. Mijn lichaam had een eigen wil, en het wilde neergezet worden op de banken van legendarische cafés.

7

Olivier zat een whisky te drinken aan de achterste tafel van het café, dat Het Vlaggenschip bleek te heten. Dat is niet erg Frans, maar er zal wel een Frans woord bestaan voor vlaggenschip. Wat een ontzettende lul, die Olivier, wat een doorzichtige poseur. Voor wie nam hij zichzelf wel? Wie was de man van de situatie? Olivier, de whisky nippende krantenlezer, of ik, Max Eugène Venkenray, de jonge ondernemer met een hemd van Thomas Pink, die net uit Holberg kwam, daar seks had gehad met Irma in een soort ondergrondse sauna, en ondertussen moest afrekenen met al de bijverschijnselen die een vader die uit het raam van Le Cordial* gevallen is met zich meebrengt?

Olivier wenkte niet, ook al had hij me gezien. Hij wachtte gewoon tot ik voor hem aan tafel zat, legde toen zijn krant opzij en keek me aan. Hij inspecteerde mij, zomaar, alsof dat kon. Met zijn springende wenkbrauw.

'Hallo, Max,' kwam er uiteindelijk uit.

'Hey.'

'Ik had uitdrukkelijk om een scheut water in mijn whisky gevraagd, maar ze hebben mij in plaats daarvan een ijsblokje gegeven. Verbaast jou dat?' Meteen wist ik weer waarom ik het Heilandcollege verlaten had.

*

Het Heilandcollege lag in een bos en was omringd door allerlei ongelooflijk fantastische sportvelden en prachtige bijgebouwtjes die in tijden toen paters nog jonge mannen met fietsen waren zeker heel wat leut hadden gezien. Jammer genoeg zaten op Heiland enkel gebronsde Hilfiger-fascisten en jongens die over alles altijd meer wisten dan jij omdat hun papa een Porsche had. Niet zelden hadden zij sproeten. Op Heiland zaten goede sporters met brede schouders en brede kinnen, jongens die de tangens van de tetjes van hun zus konden berekenen, maar de essentie van metalmuziek niet begrepen omdat – citaat – daar zo in geroepen wordt.

Ik was echt fucking gek op Heiland. Op de klaslokalen die naar dorre boeken roken, op de puistenkoppen in wollen pulls die scheten kwamen laten als je stond te douchen en op de zes andere mongolen die dat om je te bescheuren vonden. Op het eten dat al es gegeten leek door een vrachtwagenchauffeur met spastisch darmsyndroom en op de leraren die zich gedroegen als professoren van dure universiteiten. Ik kreeg er maar niet genoeg van.

De hardcore Heilanders, de lullo's der lullo's, de opperzakken, die zaten op het internaat. En het is precies daar waar Millie en Staf mij na vele, lange gesprekken verpot hadden. Gesprekken waar ik enkel als aanhoorder mee te maken kreeg. Gertjan was anders, die kon de stress niet aan. Die mocht gewoon naar huis komen om daar iets te eten, gezellig tv te kijken en zich daarna in de rust van zijn eigen kamertje af te trekken op het meisje met de gewillige blik dat hij die dag op de busrit huiswaarts bespied had. Maar Max Eugène, dat was een harde. En hij praatte zo moeilijk. 't Zal hem goeddoen, ook al ziet hij dat nog niet in. Ik ging over mijn nek als ik Millie met haar vriendinnen hoorde praten aan de telefoon, over wat het beste voor me was.

Voor je het goed en wel beseft, sta je dus op een parking, midden in een stom bos, tussen negenhonderd blinkende sleeën vol met koffers, debielen met ros haar en stralende moeders type Millie, die allemaal staan te gluren en knikken naar soortgenoten. Ik dacht dat ik ging opstijgen van de druk op mijn hoofd toen ze mij drie kussen gaf en zei: 'Zie maar dat we trots op je kunnen zijn.' Trots wordt erg overroepen. Kijk maar naar die andere zoon op wie Millie zo trots was, die werkt met cavia's. Ik wil niet oordelen.

Drie keer vluchtte ik uit Heiland. De eerste keer was ongeveer vier minuten nadat ik er door Millie was afgezet. Een homo die beweerde 'de opvoeder' te zijn kwam mij de hand schudden en kende blijkbaar mijn naam al. Ik wist dat plaatsen waar opvoeders rondliepen niet oké waren.

'Dag, meneer Venkenray.'
'Hallo.'
'Hallo, wie?'
Hij vond dat om te lachen. Ik vond veel om te la-

chen. Bijvoorbeeld pinguïns. Maar dit niet, dit was echt om te kotsen.

'Hallo, homo.'

Dat ik voor dat antwoord meteen dienst kreeg vond ik niet helemaal fair. Een eerste dag telt toch niet echt mee. Dienst, dus. Dan moest je als eerste opstaan om de rest te wekken. De ideale manier om heel snel heel veel leuke vriendjes te maken. Het is ook een openbaring om rond 6.45u de deuren van jongenskamers open te trekken.

De tweede ontsnappingspoging vond plaats nadat Tanguy Verschellen met zijn reet op mijn gezicht was komen zitten en zijn droge schijtkorrels zowat in mijn neusgaten zaten. Ver kwam ik niet, want er was een hek. Ik ging mij niet laten vernederen door over een hek te kruipen, dacht ik.

Het was Olivier die me achternakwam. We hadden een gesprekje in de regen, aan het hek. Hij zei enkele dingen die bewezen dat hij geen totale debiel was. Hij kende zelfs enkele metalbands, zo bleek. Maar hij kende ook Duitse dj's en Afrikaanse percussiegroepen die met een half dorp heel de wereld afreisden. Olivier kende van alles wel wat, wat hem potentieel een goeie kerel maakte. De fout zat in het feit dat hij voortdurend moest laten blijken hoe wereldwijs hij wel niet was. Als dat een woord is, 'wereldwijs'. Ik zal het eens aan Olivier vragen. Hij gaf me een doosje lucifers, met de opdracht telkens wanneer het mij echt te veel werd één lucifer af te strijken. Als het doosje ooit leeg raakte, mocht ik vertrekken. Wat een doffe aap is die Olivier, dacht ik. Maar toen vroeg hij me of ik wist waarom Brazilianen anale seks hadden uitgevonden. Het antwoord moest ik schuldig blijven. Olivier wist het ook niet, maar hij voelde gewoon dat het zo was.

'Braziliaan, anus,' sprak hij alsof hij een eeuwenoud wiskundig probleem had opgelost. Hij deed daar niet lollig over. In stilte keerden we terug naar de kamers.

*

'Water opent het boeket van een rijke single malt, die tijdens het destilleren meer alcohol vormt dan strikt genomen bevorderlijk is voor de smaak.' Ik onthield enkel het woord smaak.

'Ah zo.'

'En hoe gaat het voor de rest?'

'Goed.'

'Je staat wat mager. Doe je nog aan sport?'

'Ik heb nooit aan sport gedaan.'

'Schoolvoetbal, herinner ik mij. Verdedigende middenvelder? Tot je naar het technisch college vertrok, natuurlijk.'

'Het Vrij Technisch Instituut bedoel je. En het voetbal was verplicht op Heiland.'

'Ach, Max, verplicht. Ik merk dat je nog steeds onder de regels leeft, in plaats van erboven.' Olivier sprak 'verplicht' uit alsof een varken erop gescheten had.

'Leef jij boven de regels dan?'

Olivier smaalde en legde zijn krant zo dat ze perfect in de hoek van de tafel lag. Moest hij die tic niet hebben gehad, hij zou er nog cool uitgezien hebben.

'Hoe is het met je familie?'

'Goed, we gaan elk weekend samen vissen en als we even genoeg hebben van bordspelen en limonade gaan we weleens paardrijden in de duinen.'

De kamer in De Zandduin kwam even bij me op. Zouden Millie en Jay Jay die uiteindelijk genomen hebben?

'Nog steeds die puberale ironicus, merk ik. Heb je nog vrienden?'

'Met hopen.'

'Dat is een mooie gedachte. Ik ben blij dat wij vrienden zijn, Venkenray.'

'Ik moest maar eens gaan.'

'Stel je niet aan, je bent hier net. Bestel iets.'

'Mijn vader ligt in het ziekenhuis.'

'Ai. Kanker?'

'Euh. Nee.'

'Oei. Wat dan?'

'Hij is gevallen.'

'Mensen vallen.'

'Ja.'

Ik knapte een bierviltje in tweeën. Nu hingen mijn handen vol van dat korrelige karton. Een vrouw met een balkende lach liet zich horen.

'Whisky met ijs, wie zou daar ooit zijn op gekomen?'

*

Op een typische vrijdagavond ten huize Venkenray,

toen Staf van zijn Giuglietta en ik van een optreden van de hardcoreband Roses For Christina kwam, vertelde hij me over de onzin van vrienden. Staf orakelde geregeld dat we allemaal eilandjes zijn, met elk onze haven en onze producten. Soms ontdekken we andere eilandjes waarmee we dan handel gaan drijven. Dat is dan leuk. Tot we elkaars export beu zijn, en dan stoppen we de handelsovereenkomst. Dat is: in het beste geval. In het andere geval blijven de eilanden maar wat symbolische handel drijven – ik beeldde mij altijd een halve doos bananen en een handvol koffie in. Dat was volgens Staf een van de meest deprimerende toestanden waar een mens in kan belanden. En verliefdheid dan, vroeg ik hem. Een tijdelijke overwaardering op de beurs, had hij gezegd. Ik dacht dat hij huilde, maar dat zal wel van de alcohol geweest zijn. Ik had alleszins gesnopen dat Isla Staf en The Millie Islands allang van elkaar weggedreven waren. Wat Olivier betrof, hoe ik ook de verte in staarde, ik zag hem nergens nog ronddobberen. Kon ik het? Zou ik het durven? Opstaan en weggaan. Liefst met een krachtige oneliner. Dat zou een echte man toch moeten kunnen.

*

'Zal ik iets voor je bestellen?' Er klonk iets troostends in de stem van Olivier – ik ging ervan uit dat dat toeval was. Misschien zat er iets in zijn keel.
   'Nee, ik ben ervandoor. Ik heb een afspraak.'
   'Met?'
   'Gaat je niet aan.' Dat kwam er wat hard uit. We hadden tenslotte een handelsverleden samen.

'Elise.'

'Aha. Een mooie vrouw.'

'Ja.'

'Lelijke Elises bestaan niet.'

'Ik denk het ook niet.'

'Doe haar de groeten.'

'Oké.'

'En ook aan je pa. Wat had hij weer precies?'

'Uit een raam gevallen.'

'Met ramen is het altijd oppassen.'

'Ja.'

'Ik zie je.'

'Oké.'

*

De derde en laatste keer dat ik uit het Heilandcollege vluchtte, stal ik een fiets uit de stalling. Op Heiland vond men het zelfs niet nodig een fiets op slot te doen. Hier steelt toch niemand, we zijn allemaal schijterijk – dat was de sfeer. Ik vond het een heuse eer om die sfeer met een enkele beenzwaai te verzieken. Als een gek fietste ik ervandoor. Rond het meer, de lange laan af, de openbare weg op. De openbare weg, waar verkeersborden stonden, waar dikke meisjes in opvallende jassen stonden te roken, waar er van alles gemorst en geroepen werd, waar ongelukken gebeurden en honden kwamen kakken. Wat was ik gelukkig. Niet omdat ik naar huis kon, maar omdat ik het gedaan had. Al die mongolen met hun sproeten en hun doucheschschten zouden het nu wel over mij hebben, over Max Eugène fucking Venkenray. Toch zeker de ko-

mende dagen. En ze zouden me nooit terug aannemen, dat was nog het beste. Ik had iets gestolen, pot-
volkoffie nog aan toe, dat kon toch niet wezen, zeg. Ik
had het luciferdoosje van Olivier mee, dat was alles.
Al mijn boeken had ik achtergelaten. Waar ik heen
ging zou ik geen boeken nodig hebben, dacht ik. En ik
had gelijk.

8

Ik nam een taxi van café Het Vlaggenschip naar de begraafplaats. Voor een stuk om die arrogante aap van een Olivier te tonen hoe kosmopolitisch ik wel was, maar ook, en minstens evenveel, uit luiheid. Mijn geld was bijna op, maar dat zag je er niet aan. Als je dure hemden draagt en in taxi's door de stad glijdt, kan je jezelf wel even voorliegen dat je nog fortuinen hebt staan op buitenlandse rekeningen of zo. Ik was erg goed geworden in mezelf van alles voor te liegen. Dat is ook het beste wat je kan doen als je in de aircobusiness werkt. Buiten een andere job zoeken of gaan studeren, natuurlijk. Maar geen van die twee alternatieven sprak me echt aan, ik verkoos mijn fantastisch dubbelleven.

Deze taxi rook helemaal niet naar vanille, wat me tegenviel. De geur van deze taxi was die van een nieuwe wagen. Andy, de barman van het Splendid, had me ooit verteld dat je die geur in verstuivers kon kopen in garages van dure merken. Ik had Andy gevraagd waarom je dat in hemelsnaam zou doen, zo'n verstuiver kopen. Om je wagen langer nieuw te houden, had Andy gezegd. Andy was geen kwaaie kerel, maar hij was duidelijk een fucking idioot. Ik zou een whisky met hem zo lang mogelijk uitstellen. Heel even over-

woog ik de taxichauffeur te vragen of hij zo'n spuit-
bus met nieuwe-autogeur gebruikte, maar dat zou
geen goede zin geweest zijn om een gesprek mee te beginnen.

Ik betaalde € 22,50, waardoor ik niet genoeg geld
overhad om met een taxi terug te keren naar de binnenstad. Op een tiental minuten stappen was er een
metrohalte, wist ik. Maar tegenover de chauffeur
deed ik alsof mijn keuze om te voet terug te keren ge-
motiveerd was door een soort verwend natuurgevoel.
Of omdat ik het verdriet dat dit bezoek zou losweken
liever voor mezelf hield. Miguel – ik besloot hem Miguel te noemen – knikte begripvol. Hij reed met fune-
raleske snelheid de grindweg van de begraafplaats af.
Dit was een man die zijn stiel kende. Een goede taxichauffeur is niet licht gevonden tegenwoordig.

*

Neem nu de weken in de groene gang. Het geheugen is
een vreemd ding, het pikt maar op waar het zin in
heeft en daarmee moet je het dan stellen. Mijn geheugen had besloten die lelijke gang tot in de eeuwigheid
als screensaver te gebruiken, denk ik. Er hingen drie
posters in de gang. Hoewel, posters kon je die verkleurde lelijkaards bezwaarlijk noemen. Het waren
eerder prenten. Er was er een bij van een dolfijn, een
andere van een panda die recht in de lens staarde, en
een van een paard. Die van het paard vond ik er nooit
goed bij passen. Het was een bruin, stilstaand paard,
zo'n nadenkend paard dat eruitziet alsof het kindjes

uit een brandende hooischuur kan redden. Zulke paarden hebben meestal een dubbele naam, vaak iets met Thunder. De drie prenten hingen mooi onder elkaar, netjes met vier duimspijkers in de muur. Ik voelde me vaak zo ellendig dat ik overwoog die duimspijkers los te pulken en ze alle twaalf door te slikken.

Beneden in de hal stonden drankautomaten, en je kon er ook snoep kopen in het krantenwinkeltje van een depressieve homo met een knalgeel Dolce&Gabbanashirt. Als je lui was, en dat was ik, moest je het maar stellen met het water dat op elke verdieping beschikbaar was, in de vorm van een dispenser. Zo noemde de hoofdverpleegster het, toen ik een keer ging vragen of er misschien ook een drankautomaat op de vierde verdieping was.

'Nee, maar er is wel een waterdispenser,' had zij gezegd, alsof dat tot de basisleerstof van het derde leerjaar behoorde en ik duidelijk weer niet goed had opgelet. De hoofdverpleegster droeg enkel ondergoed onder haar witte pakje. In een van de boeken die Staf me ooit cadeau had gedaan werd op een geile manier over verpleegsters gepraat. Ik weet niet meer wie de schrijver was, maar dat kleedje en daaronder dan niks, daar stelde ik mij nog weleens vragen over. Bijvoorbeeld: hebben zij het niet koud? Of: zouden ze ja zeggen als ik vraag om samen in dat grote ijzeren bad waarin de patiënten worden gewassen te kruipen?

Als je denkt dat je in de nabijheid van de dood niet aan seks denkt, ben je goed mis. Het was soms mijn enige manier om wat late slaap te vatten, na een dagje groene gang en bleke Roy: denken aan verpleegsters die slechts vier knoopjes van hun blootheid verwijderd zijn. Ik trok me af op de lieve naïeve witte vrouwtjes die de volgende dag Roy zijn draden zouden controleren en mij de empathische blik zouden geven. Ik kende hen na een tijdje allemaal van zowel hun verlangende als hun empathische blik. Roy wist er niets van. Achttien jaar, een knappe gast, hij had ze waarschijnlijk allemaal kunnen krijgen. Ik zou ze hem gegund hebben, zo'n broer ben ik wel. Of om het met de zalvende woorden van Jimbo Rietslaghers te zeggen: 'Zolang er geen zes snaren op staan, kan het onder vrienden gedeeld worden.'

Ik had Jimbo ooit voorgesteld zijn oneliners bij te houden, en er bumperstickers van te laten drukken om die dan te verkopen via het internet. 'Stickers zijn voor flikkers,' had hij gezegd, en hij had het volume van zijn stereo verder opengedraaid. Dat hij net een van de beste bumperstickerteksten ooit had bedacht, zal hem ontgaan zijn. Je kunt niet tegelijk én metalverzamelaar én bumperstickerbedenker zijn, dat begreep ik natuurlijk wel.

*

Het graf van Roy was eenvoudig. Arduinsteen, of hoe heet dat zwarte, blinkende materiaal. Millie en Staf hadden geen voeling met een bepaalde parochie, ze hadden deze plek vooral geprezen voor z'n ligging. Het was waar, je had eigenlijk een prachtig zicht over de stad van deze begraafplaats, die op een van de heuvels rond de stad lag. Het licht was oranje en het gras onnatuurlijk groen. Misschien kwam dat door het compost van die lijken. Ofwel was dit het werk van de stedelijke groendienst, die in het geniep aan bemesting kwam doen. Ik was helemaal alleen op de begraafplaats, enkele honderden doden niet meegerekend.

Ik legde me neer tussen het graf van Roy en het paadje dat de grafstenen met de openbare weg verbond. Heel even was ik bang dat het gras vlekken zou achterlaten op het duurbetaalde katoen van mijn hemd. Maar echte rijkdom ligt erin je hemd van Thomas Pink vuil te kunnen maken zonder je daar zorgen over te moeten maken. Ik plande mijn hemd aan Mevrouw Spillere af te geven, met de vraag het naar de stomerij te brengen. Er was een stomerij in het winkelcentrum waar ik werkte, maar welke glorie ligt erin je hemden zelf naar de stomerij te brengen. Of naar iemand die zichzelf Giorgio Barone noemt, zoals die van Staf en zijn Irma. Mijn Irma. Irma van Le Cordial*.

Het moet aan de stilte gelegen hebben, en aan het briesje dat er waaide, dat ik na een poos in slaap viel. Op een wei vol doden.

*

Ik droomde over het pistool dat ik de dag voordien niet had mogen aanraken van Jimbo en Sambo, de wietboer van de Da Vincilaan. Het pistool lag naast Jimbo, en Jimbo lag op mijn bed, dat voor de gelegenheid veel groter leek dan het eigenlijk was. Vond ik het aangenaam dat Jimbo op mijn bed lag? Nee, dat vond ik niet aangenaam, maar het was nu zo geschied. Zo gedroomd. Jimbo zag er minder apathisch uit dan normaal. Misschien was het mijn behangpapier, dat bestond uit lichtbruine ruiten die sierlijk aan elkaar gekunsteld waren. Je ziet dat motief nog weleens in hippe films uit de jaren negentig die met de jaren zeventig flirten.

Maar het kon natuurlijk ook het pistool geweest zijn dat hem wat een beetje zijn melk bracht. Met een pistool kon je tenslotte iemands leven beëindigen. Dat idee schrikte mij niet zo af, toch niet in een droom. Ook met een staande lamp of een douchekop kon je in principe iemand doden. Of met een asbak of een gordijn of een stalen voorwerp uit de doe-het-zelfrekken. Van dat gordijn was ik niet helemaal zeker, maar ik ben geen ervaringsdeskundige. Zou ik ooit in een gevangenis belanden? Als ik iemand doodschoot vast wel. Maar iemand doodschieten was wel het laatste waar ik op uit was. Ik hou niet van bloed en nog veel minder van eten uit ijzeren kommetjes – ik was ervan overtuigd dat gevangenen uit ijzeren kommetjes aten. Met scherp ijzeren servies. Akelig idee.

De stoere Jimbo werd in mijn droom weer gewoon Jimmy Rietslaghers. Bange Jimmy Rietslaghers, die op het Vrij Technisch Instituut geplaagd werd omdat hij naar metal luisterde, in plaats van naar deep-house, trance, jungle, gabber, acid of R'n'B. Hoe meer hij gepest werd, hoe luider de gitaren werden. Jimmy was een sukkelaar, zoals hij daar op mijn grote bed lag.

Hij had het vertrouwen van Sam moeten schaden. Sam, die hij Sambo noemde en echt als een held beschouwde, ook al deed hij niets anders dan computerspelletjes spelen en wat plastic zakjes doorverkopen. Sambo was een verbindingsstation, de tussenpersoon. Hij nam aan van links en gaf door aan rechts. Eigenlijk net als bij Jimbo, Sam en mij. Sambo stond bovenaan, hij gaf aandacht aan Jimbo, die hetzelfde deed met mij. In de andere richting ging het niet. Was vriendschap een drug? Waarschijnlijk niet, maar ik stond er toch even bij stil. Jimbo lag nog steeds op mijn bed. Straks, als hij vertrokken zou zijn, zou ik mijn bedlinnen laten vervangen. Dat bedacht ik in mijn droom. Ik word echt gek. Ik word Millie en Gertjan. Ik word Rudy Bourbon.

De kogels lagen op het nachttafeltje en zagen er erg onschuldig uit. Mooi naast elkaar in het pakje. Ik kende pantoffels die er enger uitzagen. Gele, in de vorm van Garfield de kat. Maar met pantoffels kon je niemands hersenen tegen de muur schilderen, of dat was toch nog nooit geprobeerd. Jimbo was plots heel wat minder metal en veel meer easy listening. Hij stond te beven als een blad, de goeie kerel. Echte vrienden beven als een blad als ze je met een pistool zien spelen. In je handen of in je gedachten. Een typische hypocriet uit het Heilandcollege zou je alleen maar aanzetten tot straffe, spectaculaire daden. Gewoon, omdat ze dan iets zouden hebben om vol geveinsde ontsteltenis over te praten met elkaar en met hun doodlopende liefjes. Het was dat soort mensen waar ik van over de nek ging. Het was daarom dat ik

telkens weer op die goedkope bank van Jimbo te-
rechtkwam, omdat hij van alles was, maar niet zo'n
collegelul, die jouw leven als zijn uurtje cinema be-
schouwt.

*

Mijn droom eindigde nergens. Tot mijn sluimerend
ontwakende verbazing werd ik wakker van regen-
druppels op mijn gezicht. Het had in weken niet gere-
gend. Maanden. Net nu Millie dat dak van haar auto
gehaald had. Ik sprong recht. Mijn hemd vol gras-
vlekken en mierenlijkjes. Godverdomme, dat ging mij
weer geld kosten. Misschien moest ik in het vervolg
T-shirts kopen bij Zeeman. Die gooi je gewoon weg
na gebruik. Ik had geen tijd om uitgebreid afscheid te
nemen van Roy. Die klootzak lag natuurlijk weer lekker droog. Ik knikte naar 'm, als om te zeggen 'tot
gauw'. Maar het zou weer even duren voor ik hier nog
eens kwam, dat wist hij ook wel.

Wolken schoven over het dal van de stad, zoals daken
van dure voetbalstadions dat doen bij slecht weer.
Had ik die Miguel maar laten wachten met zijn taxi.
Goede keuzes maken had niks te maken met verstand,
maar alles met toeval. Het bewijs daarvan is dat je
goede keuzes altijd pas achteraf kan benoemen. Achteraf gezien was het plan om met de metro naar huis te
gaan dus een slecht idee geweest. Ik holde het paadje
af, tot een industrieweg die me naar de eerste metrohalte zou leiden.

Ik dacht nu serieus over het pistool van Sambo. Dat lag daar in een keukenlade, waarschijnlijk was het nog nooit gebruikt. Enkel als lustobject, door Jimbo. Ik was best jaloers op die eikel van een Sam en zijn stoere pistool. Jimbo was nooit zo enthousiast geweest over iets wat ik had. Ja, over Elise, toen ik hem vertelde hoe ik haar ontmoet had in de rokerskoker. Hij bleef maar vragen of hij haar kon ontmoeten, en wanneer dan wel. Maar om een of andere reden kwam het er nooit van.

Zou je echt doof worden van de knal van zo'n pistool? De drummer van een Ierse speedmetalband vertelde me ooit dat de weerslag van een schot zo groot is dat je arm de lucht in schiet. Daar geloofde ik geen twee halve kloten van, maar je wist maar nooit. Van een Ier zou je toch mogen verwachten dat hij weet hoe hij met een wapen overweg moet. Anderzijds was hij een drummer. Later zal ik mijn zoon, die ik gewoon Kurt zal genoemd hebben, leren dat je nooit moet geloven wat een drummer je vertelt.

Knal, Staf dood. Echt moorden was dat niet. Staf was nog niet dood, maar de vraag was of hij nog echt in leven was. Een beetje zoals Roy die op de straat lag, naast zijn brommertje. Ergens in een niemandsland. Nog te redden, maar dan mag zelfs het kleinste detail niet meer fout lopen. Staf was een fout afgelopen detail, en dat wist hij.

Maar had ik wel recht op een pistool? In dromen of in het echte leven? Een pistool was volgens mij buiten

174

proportie. Een katapult, dat zou beter zijn. Of zo'n kruisboogje met twee takken en een rekker uit vaders onderbroek. Mijn problemen verdienden geen kogel, hoogstens een kiezelsteentje. Een goed gemikt keitje kan ook best pijn doen. Ik was lang nog niet klaar voor het echte lijden, voor het laden van pistolen en het dragen van een grotere verantwoordelijkheid dan die voor een airco-installatie in een winkelcentrum. Hemden van Thomas Pink en vuurwapens... wat maakte ik mezelf wijs?

Als ik in de middeleeuwen geboren zou geweest zijn, dan was ik nooit ouder geworden dan twee of drie jaar. Dat was iets waar ik vaak aan dacht. Ik leefde bij de gratie van de periode waarin ik ter wereld was gekomen. Andere, meer robuuste tijden? Veel te kwetsbaar voor. Veel te kriel. Kriele ventjes hebben nood aan gedroomde pistolen en dramatische metallyriek om hun theepotproblemen op te lossen. Heel mijn wereld was een kruimeltje op de kin van een echte man. Ik was maar een emotionele kabouter met keelpijn. Kon ik nooit eens stoppen met dat gelul tegen mezelf? Waar was dat pistool gebleven?

Veel van mijn problemen had ik gestolen van anderen. Zij deden het werk, ik ging met de eer lopen. Zij braken de pot, ik stak de scherven in mijn zak. Dat was mijn levenswandel. Iedereen heeft nood aan een wandel in zijn leven, dit was de mijne. Ik was een stofzuiger voor andermans problemen. Ik voelde de drang om al dat zelfmedelijden en die eindeloze stroom onuitgesproken verwijten eens en voor altijd in te slikken. Of beter nog: om het uit te schijten. Of tenminste om het even op pauze te kunnen zetten. Dat kan toch met alles, op pauze zetten?

Ik had zin om een gezinswagen te huren, mijn platen van Hardcore Superstar mee te nemen en als een razende gek door het stadscentrum te vliegen. Tot de politie me zou tegenhouden of de benzine op zou zijn. In dat laatste geval had ik gewonnen. Je moet inventief zijn. Inventief zijn is belangrijk. Platen van Hardcore Superstar zijn ook belangrijk. Misschien zelfs nog belangrijker. Zeker hun cd *Bad Sneakers and a Piña Colada*. Ik huilde, maar de regen vergaf me dat.

9

Hoe lang ik er precies zat weet ik niet meer, maar lang was het zeker. Ik telde de keren dat er een metro stopte en weer doorreed. Anders zat ik er ook maar zonder goede reden. Metro nummer twaalf was net doorgereden op de lijn Van Hellemontplein-Paviljoen, toen ik plots Elise zag staan aan de overkant van het spoor. Wat deed zij hier? Ik wist niet dat ze ooit de metro nam. Misschien was haar fiets stuk, of gestolen. De stad zat vol bedorven klootzakken die een fiets zouden stelen, gewoon om hem dan een straat verder te dumpen. Ik sprong op en begon als een zool te zwaaien. Ik moet eruitgezien hebben als zo'n metrogek, die in de mollenpijpen leeft en zich in drukke wagons tegen rondborstige vrouwen aan schurkt – niet dat zoiets ooit bij me is opgekomen. Net toen ze zich omdraaide stopte metro veertien of vijftien. Shit, ik was de tel kwijt. Ik stapte niet in. Wat kon die rit naar de binnenstad me nog schelen als ik Elise kon zien? Niet veel, en daar dan nog eens de kleinste helft van. Ik wilde haar van alles vertellen over allerlei dingen en zaken allerhande. Ja, ook wel over de val van Staf, maar dan enkel terloops. Mooie vrouwen als Elise moest je niet vervelen met familiaal gedoe. Op een lotusbloem ga je ook niet staan zeiken. Bestaat dat echt, een lotusbloem?

*

'Nemen wij dan samen afscheid van Roy Venkenray', dat waren de enige woorden die ik soms nog hoorde nagonzen. De pastoor van dienst mompelde ze, alsof hij Roy echt gekend had en hij het verlies droeg als een loden mantel. Alsof hijzelf de hoofdrol speelde. Nemen wij dan samen afscheid van Roy Venkenray... En wie zijn die 'wij' dan? De kaartgroep? Het handbalteam? De fanfare? De parochie waar geen enkele Venkenray ooit wat mee te maken heeft gehad? Mensen denken dan dat ze delen in je leed, enkele grammen van de ton verdriet voor hun rekening nemen, maar vaak vechten ze voor een plekje in het spotlicht. Ik had het liefst alleen afscheid van Roy genomen, samen met Millie, Staf en Gertjan, omdat het lullig zou zijn hen ook uit te sluiten.

Wat kun je zo'n pastoor ook verwijten, als die denkt dat Roy naar het fucking hiernumaals reist in zijn kist. Arme oude gek.

*

Ik had Elise uit het oog verloren toen een troep kantoorcreaturen haar perron vulde. Het was na vijf uur, de massa stroomde de gebouwen uit en de woonwijken in. Voorspelbaar en saai. Ik zou nooit in een buitenwijk gaan wonen als ik veel geld had. Of misschien wel, maar de metro zou ik nooit meer nemen. Een chauffeur en een Jaguar. Ik zou dan internationale dagbladen lezen en Bob, want zo zou die chauffeur heten, vragen mijn cd van Gillian Welch te spelen. Maar voorlopig moest ik nog even met de metro mee.

Ik denk dat Elise de stad uit getrokken was om haar familie te bezoeken. Die woonde in een prachtig buitenhuis op een afgelegen heuvel. Haar vader had zijn advocatenbureau verkocht en hield zich bezig met het verzamelen van oude Aston Martins. Haar moeder was al jaren dood, maar leefde verder in fotokaders en liefdevolle verhalen. Wanneer zou Elise me eens uitnodigen een weekendje mee te komen naar het buitenhuis? Dat zou vast gauw gaan gebeuren. Ik zou voor die gelegenheid een nieuw hemd gaan kopen bij Paul Smith of Ermenegildo Zegna en dat dragen alsof het een T-shirt van Zeeman was. De vader van Elise zou me een toffe gast vinden en me een ritje laten maken met een sportwagen uit de jaren zestig en zijn dochter.

*

Toen ik me even later op mijn bed in Hotel Splendid liet vallen vroeg ik me luidop af of Millie bij Staf zou zijn. En of Gertjan daar nog zou zijn. Vast wel, die twee zijn zo. Die denken dat ze weten wat echt belangrijk is in het leven. Zever, natuurlijk. Staf zou er waarschijnlijk niet eens iets van merken. Mensen die in coma liggen merken niets. Iedereen die zichzelf wijsmaakt dat ze dat wel doen, liegt tegen zichzelf. Roy merkte ook niets, maar hij was tenminste niet alleen. Dat scheelt als je in coma ligt.

De blikken doos uit Stafs kamer stond nog op mijn commode. Het aftandse meubel dat de Spillere's in mijn kamer hadden geplant was te lelijk om zichzelf commode te noemen, maar goed. Eigenlijk was heel het interieur van Hotel Splendid nogal banaal en net die keer te veel hersteld. Vergane glorie wordt dat genoemd, maar misschien valt glorie pas op eens ze vergaan is.

Ik had hoofdpijn, zoals steeds. Als ik mezelf zou kunnen upgraden zou ik zeker die hoofdpijn laten varen, ik zou mezelf ook iets gespierder maken en ik zou Portugees kunnen spreken. Volgens mij zou Elise ongelooflijk onder de indruk zijn van mijn Portugees. Ik zou een kletshistorie vertellen over een vakantie daar, en al de fantastische musea die ik ginds bezocht heb. Hoewel ik niet één Portugese kunstenaar ken. Een geschiedenislerares op het Heilandcollege had me ooit toevertrouwd dat Portugezen eigenlijk maar een bende wilden zijn. Uit gemakzucht had ik dat aangenomen. Ik zou het wel niet aan Elise vertellen, dat van die wilden en zo.

De blikken doos knelde een beetje, maar gaf zich graag gewonnen. Net als Staf zelf, die kon ook nooit lang een geheim bewaren. Je zag het aan de fonkel in zijn blik als hij iets geheimhield, en dan dat plezier als hij het vertellen kon. Ik voelde me vaak de oudste van de familie. Ik kon een geheim gemakkelijk voor jaren of eeuwen bewaren. Als je een geheim vertelt, is er ook helemaal niets meer aan.

In Staf zijn blikken doos zat een bundeltje enveloppen. Een stuk of drie voor Millie, een voor Gertjan en dan een brief of zes geadresseerd aan vrouwen die ik niet kende. Er zaten ook brieven in voor Roy. Staf moest gek geworden zijn. Alle brieven waren gefrankeerd. Zijn het dan gewone brieven of afscheidsbrieven met een postzegel?

De bovenste was geadresseerd aan Max E. Venkenray. Het adres van Hotel Splendid stond in drukletters geschreven. Max E. Venkenray c/o Hotel Splendid, stond er. Dat had wel iets, die c/o. Het deed me denken aan tijden toen mensen nog met grote schepen op reis gingen en een correspondentie gaande hielden met broers die bij het leger zaten en oude Russische vrienden van de universiteit. Het adres gaf aan dat Staf wist waar ik zat. Hij was de uitvinder en grootste aanhanger van het stille vaderschap, als een schim hing hij boven zijn gezin. Als hij dan toch wist waar ik zat, had hij me weleens kunnen bezoeken. Niet dat ik hem hartelijk ontvangen zou hebben. Maar toch. Een glaasje aan de bar, desnoods met Mario Spillere of Andy, had toch gekund. 'Goed om je te zien, wees geen vreemde,' zou ik dan gezegd hebben, voor mijn laatste slok. 'Zet maar op mijn rekening, Andy', en dan zou ik het hotel verlaten hebben. Zoiets zou mogelijk geweest zijn, tussen zoon en Staf. Ik heb hem uiteindelijk toch ook bezocht, nadat hij uit dat raam was gesprongen. Nood breekt wet, val breekt wet, val breekt Staf.

Liefste Max,

*De herinnering aan mijn vader is er een van een man
die gebukt ging onder verwachtingen. De verwachtingen die hij van zichzelf had, maar nog meer de verwachtingen die de mensen van hem hadden. Die hij
dacht dat de mensen van hem hadden. Hij was een
man die niet zorgeloos kon ademhalen. Ik denk dat
het woord 'gecrispeerd' speciaal voor hem is uitgevonden.*

*Ik haatte Eugène Venkenray niet. Dat zou niet fair ge-
weest zijn, hij heeft tenslotte heel wat voor mij gedaan. Hij heeft me met de fiets leren rijden en hij heeft
voor mijn studies betaald. Eerder dan haat koesterde
ik een diepgeworteld medelijden voor die man. Waarom ploeterde hij almaar verder? De eer, misschien, of
het aanzien, of wie weet, gewoon het geld? De beste
vragen komen als het te laat is.*

*Een notariaat overnemen was niet iets waar ik als
jongen van droomde. Ik droomde van het kanaal
overvliegen of landen op de maan of een job als gelief-
de postbode. Maar als jouw grootvader niet zo verkrampt door het leven was gekropen, dan zou ik hem
misschien wel opgevolgd zijn. Waarom ook niet. Je*

kan als notaris heel wat poen verdienen. Meer dan als journalist, alleszins.

Ik wil maar zeggen dat het niet altijd even slim is om je beslissingen op anderen af te stellen. Iets niet doen om iemand anders te laten zien dat jij een grotere lul hebt, dat werkt zelden. Nooit, waarschijnlijk. Je verliest altijd, want het betekent altijd meer voor jou dan voor diegene die je wilt saboteren. Begrijp je wat ik bedoel?

Want na mijn jarenlange pogingen om niet te worden zoals die oude man die zich van dag tot dag sleepte, besef ik dat ik mezelf goed heb beetgenomen.

Ik slaap op een bank, in een erg groezelig hotelletje, Max. Dat is niet iets wat ik je toewens. Het leven moet meer zijn dan eindigen op een vieze bank waar god weet wie god weet wat op heeft gedaan. In het begin kwam je moeder me soms nog bezoeken, maar dat is nu ook al drie weken geleden. Ze bracht altijd frisse kleren voor me mee, maar nadat we ruzie kregen over het recept voor pesto zei ze dat ik zelf m'n was maar moest doen. Ze kwam niet meer terug. Volgens mij had ze een lief, maar wie kan haar dat kwalijk nemen? Het is een fout te denken dat je later altijd tijd zal hebben om je leven op orde te zetten.

Niet dat ik wil klagen. Toen Roy stierf heb ik mezelf beloofd nooit nog ergens over te klagen. Maar tevreden mensen zijn niet erg gewild. Ik heb al mijn vrienden verloren door gelukkig te lijken. En de vrouwen die mij leuk vonden om mijn stoppelbaard en mijn miserie, die hebben nieuwe sukkelaars gevonden.

Vergeet dat gedoe over Alfa's, huishoudsters en hoeren. Ik dronk en dacht dat het mijn vaderlijke taak was om grote wijsheden mee te geven. Nu drink ik nog, maar ik hou tenminste mijn kop.

Wat ik wel wil doen, is je waarschuwen. Zie dat jij de Venkenraykoorts niet te pakken krijgt, jongen. Beloof me dat. Ik had je nooit naar mijn vader mogen noemen. Ik ben niet bijgelovig, maar je moet het lot ook niet gaan uitdagen.

Ken jij Händel? 'He is the king of glory, the lord of hopes,' zingt het koor in de Messiah van die Händel. 'King of glory', dat heb ik een tijdje op mijn visitekaartje willen zetten. Staf Venkenray, King of glory, elke weekdag tijdens de kantooruren en desgevallend ook daarbuiten. Ik heb geen visitekaartjes, nooit gehad. Stom, want het had mij op een of andere manier kunnen onderscheiden.

Hou je goed en wees glorieus.

Je pa,
Staf

*

Ik las de brief tot driemaal toe en ging toen onder de douche staan zodat ik kon huilen zonder dat ik het zelf zou merken. Dat was verdomme de tweede keer dat ik huilde in enkele uren tijd. Ik miste Elises strenge troost. Als het erop aankwam had je ook niet veel aan haar. Samen met de rest van mijn lichaam droogde ik mijn tranen. De handdoeken in Splendid waren veel te zacht om goed te drogen. Mevrouw Spillere had een abonnement op handdoeken, denk ik. Je kon er jezelf wel mee afdoppen, maar dat ruwe droogplezier – een beetje bruut, een beetje schurend, dat kon je vergeten. Misschien moest ik eens wat handdoeken gaan stelen in het huis van Staf en Millie.

*

Ik ging bijna over mijn nek toen ik die grote hal van het ziekenhuis weer betrad. Oude mensen waar allerlei draden en darmen in- en uitlopen, debielen die niet weten waar ze zich moeten inschrijven, bezoekers met lelijke boeketten en managertypes die in een hoekje staan te bellen, in de overtuiging dat ze niet opvallen. De depressieve homo werkte nog steeds in zijn krantenwinkeltje. Ik kocht een Brits of Amerikaans rockmagazine met de Argentijnse gitarist Inti Calfat op de cover. Hij zat op een oude pick-up en had geen schoenen aan. Was ik ook maar een gitarist, dan moest ik nooit naar ziekenhuizen. Volgens mij hebben ze in Argentinië zelfs geen ziekenhuizen.

Ik ging eerst even naar de rokerskoker. Elise zat daar geen boek te lezen, wat mij tegenviel van haar. Er zat wel een vrouw die ik ervan verdacht een poetsvrouw te zijn. Ze las geen boek maar rookte wel. Verder deed ze niets. Waarschijnlijk dacht ze na. Over haar scheiding, een nieuw salon of iets wat een vriendin haar had gezegd en waar ze zich door beledigd had gevoeld. Deze vrouw was nogal voorspelbaar en had geen noemenswaardige borsten. Ik knikte, maar dat merkte ze niet op. Ik stond snel in de lift naar de vierde verdieping. Er is iets met onderhoudspersoneel en mij wat niet goed werkt. Alsof ze aan mijn gezicht zien dat ik een lul ben met hemden van Thomas Pink en een voorliefde koester voor taxi's die voorrijden aan je hotel. Ik dacht er op dat moment niet aan dat ikzelf met airco-installaties werkte bij wijze van beroepsmatigheid. Je kan ook niet aan alles denken als je in de lift staat op weg naar je gekke familie en je suïcidale vader. Ik herinnerde mij een cd uit mijn geboortejaar van de Amerikaanse hardcore punk-heavy metal trashgroep Suicidal Tendencies die ik in de jaren 1990 grijs had gedraaid in de donkere bunker van Jimbo. Misschien moest hij maar eens een nummer van die band opnemen in zijn lijstje.

Ik dronk vier bekertjes water van de dispenser. Er liepen verpleegsters rond, maar ik herkende er niet één meer van. Ze keken mij niet vol medeleven aan, laat staan met een geile loens. De hoofdverpleegster was nog dezelfde. Ik knikte, maar ze leek mij niet te herkennen. Zij was zo'n vrouw die altijd druk bezig was met haar eerste prioriteit, en mensen begroeten was zelden of nooit die prioriteit. Er was duidelijk iets mis met mijn knik, aangezien mensen er niet langer op reageerden. Het leek me toch sterk dat die trut mij niet herkende, zij was de hoofdverpleegster, toch geen onbelangrijk personage, ik was Max Eugène Venkenray, hoofdrolspeler van mijn eigen stuk. Maar dat was haar job natuurlijk, mensen leren kennen en dan weer vergeten. Waarschijnlijk waren er niet erg veel mensen die twee keer het geluk hadden op de mooie groene gang van de vierde verdieping terecht te komen. Dat was dan buiten de Venkenrays gerekend.

Van al dat drinken moest ik pissen. Ik waste mijn handen met de antibacteriële gel die in de vorm van een kleinere dispenser – ik had mijn les nu wel geleerd – aan de muur hing, naast de deur van het toilet voor de bezoekers. Zelfs in de groene gang, waar per definitie geen enkele patiënt naar het toilet kon gaan zonder eerst uit de doden op te staan, heerste een sanitaire apartheid. Ik denk dat ze dat deden om je erop te wijzen dat de patiënten en niet de bezoekers hier de belangrijkste gasten waren. Een of andere Millie zou dat zo bedacht hebben, en er nog voor betaald zijn ook.

In ziekenhuizen heet pis urine. De straal van mijn urine zat net op dat heerlijke punt van de snelste doorstroming, toen Gertjan binnenkwam en naast mij kwam staan.

'Was jij je handen niet?'
     'Kus mijn kloten, Max Eugène.'

Mijn straal stotterde en ik wist niet wat te zeggen. Ik wist anders altijd wat te zeggen. Maar Gertjan die brute taal gebruikte, dat was ik niet gewoon van hem. Ik kon me niet herinneren wanneer hij me nog eens uitgescholden had.

'Je vader ligt te sterven, je moeder is een inzinking nabij, en jij vindt het niet nodig om je luie reet meteen hierheen te haasten.'
   'Ik ben er nu toch.'
   'Oh my god! De heer Venkenray is gearriveerd!'

Hij riep echt. Ik was bang dat de hoofdverpleegster ons zou komen vermanen, zoals de opvoeder dat deed in het Heilandcollege. Een ziekenhuis had wel iets van een internaat.

'Max Eugène Venkenray heeft het pand bereikt! Hijs de vlag!'
   'Gertjan...'
   'Laat de trompetten schallen, portier!'

Ik waste mijn handen met gewone zeep en liet Gertjan achter. Hij gromde nog iets van klootzak en onvoorstelbaar.

Ik was al op de gang toen ik Gertjan 'Halleluja' hoorde roepen. Man, die was kwaad. En voor wat? Een kleine vertraging. Een hevige weerstand kwam in me op. Ik vond Gertjan plots zo'n onvoorstelbare klootzak dat ik 'm wel kon vermoorden. Ik trapte de deur van het toilet open en riep hem toe dat hij maar weer wat fucking cavia's of zo moest gaan verbranden. En dat hij een fucking freak was, voegde ik er voor de volledigheid nog aan toe. Als ik erg boos word, dan gebruik ik vaak 'fucking'. Daar ben ik niet trots op, het klinkt nogal banaal. Maar soms kan het je geen dooie lul schelen of je banaal klinkt of niet.

Ik weet niet meer precies hoe, maar Gertjan had me in een vingerknip bij mijn strot en stootte me met een kracht die ik nooit van hem had verwacht tegen de muur in de gang. Vervolgens sloeg hij me in mijn gezicht, met volle vuist en de kracht van iemand die buiten zichzelf is van woede. Als ik daaraan denk, gaan al mijn haartjes rechtstaan. Wat moet ik niet gedaan hebben om een slappe hippie als Gertjan zover te krijgen? Ik moet dan met mijn hoofd tegen de muur zijn gekwakt en vervolgens neergegaan zijn. Naar het schijnt zaten er bloedspatten op de groene muur.

*

De weken in de gang ten tijde van Roy waren misschien wel de beste ooit in de kroniek van de familie Venkenray. We zeiden niet veel tegen elkaar, om de beurt gingen we wat te drinken halen en er werd nooit over nonsens geruzied. We verdeelden Roy onder ons vieren en de rest was even belangrijk als de strijk van de buren. We staarden alle vier dezelfde richting uit, van op ons bankje. Die richting was Roy, en daar kwam niets tussen. Als het mij te veel werd, ging ik wandelen of ging ik in de rokerskoker kijken of Elise er niet was. Vaak haalde ik een cola, een plat water, een blikje bier en een spuitwater in de krantenkiosk. Dat was dan zes euro.

Tijdens die dagen in het ziekenhuis dacht ik nooit aan Stafs leugen. Alsof dat niet volgens de regels was. Om het te denken, en zeker om het uit te spreken. We gunden elkaar veel ruimte. 's Avonds reed ik met Staf of Millie mee naar huis. Gertjan woonde al in zijn atelier, die ging met de bus. Om de beurt bleef Staf of Millie bij Roy. Op Staf-nachten betrapte ik mezelf erop dat hij misschien wel uit het ziekenhuis zou ontsnappen om naar een Alfavrouwtje te vluchten. Een keer stond ik op het punt om dat te gaan controleren. Millie zei nooit veel als we samen naar huis reden. En als we dan thuis waren, wenste ze mij enkel nog een goede nachtrust of verzekerde mij dat alles in orde zou komen. Dat zij eruitzag als een heroïneslaafje met een chronisch slaaptekort kwam haar geloofwaardigheid niet echt ten goede.

Als Millie naar bed was, bleef ik meestal nog een uur of langer naar documentaires op National Geographic kijken. In die documentaires praten ze over gnoes en nijlpaarden alsof het mensen zijn. De moeder zorgt altijd voor haar jongen, die soms sterven omdat ze worden aangevallen door een krokodil of zo. Moedernijlpaarden gaan dan, samen met hun vriendinnen, rond het kinderlijkje staan. Om afscheid te nemen. Als ze vertrekken wordt dat jong opgevreten door aasgieren. Soms viel ik in slaap met de tv aan, dan zou Staf me wakker maken als hij terugkwam van het ziekenhuis. Soms probeerde ik te ruiken of hij naar vrouwenparfum smeulde. Maar meestal rook hij naar bleekwater en groene gang. Dat was het minste wat hij kon doen.

*

Millie zat naast mijn bed toen ik bijkwam. Lang was ik niet weg geweest, maar Gertjan had me toch een stevige tik gegeven. Ik had een draadje in mijn lip, zei Doctor Moeder. Soms vergat ik dat zij ook een echte dokter was. Gertjan had heel veel spijt, zei ze, en hij was naar huis gegaan. Ik dacht dat je net bij iemand blijft als je erg veel spijt hebt. Om sorry te zeggen. Millie zei dat ze blij was dat ik gekomen was.

'Geen probleem,' zei ik, alsof ik haar had geholpen de inkopen uit te laden.

Papa sliep, zei ze. Ze bedoelde natuurlijk Staf. Millie gaf me een kus. Ze zag er moe uit. Het was net uit met haar lief en haar man lag in het ziekenhuis. Wat een dag. Ik vroeg of ze nog iets van Jay Jay had gehoord. Ze schudde van nee, en zei: 'Iemand die geld verdient door de telefoon te beantwoorden, daar moet toch iets mis mee zijn?'

Ze moest bijna lachen, maar net niet. Ik kon haar geen ongelijk geven, maar zweeg. Echte mannen van eenentwintig jaar en ouder weten wanneer ze moeten zwijgen.

Millie zei dat ze nog even langs Staf en dan naar huis ging. Ze bood me een lift aan, maar die wilde ik niet. Het was al donker, maar ik kon nog heel wat bussen halen. En misschien ging ik ook nog langs bij Staf, daar was ik uiteindelijk voor gekomen, niet om door mijn broer in de hechtingen te worden geklopt. Jimbo zou me uitlachen als hij dit hoorde. Jimbo's waardering voor Gertjan was kleiner dan die voor reggae, en in de Da Vincilaan wil dat al wat zeggen.

Ik lag nog lang in dat bed. Rond mij huppelden verpleegsters van spuit naar bedpan en zochten verdwaalde bezoekers naar een kamernummer, maar niemand scheen me op te merken. Ik zweette me te pletter en voelde mijn hartslag in mijn lip. In heel mijn hoofd, eigenlijk. Heel erg goed was ik geworden in het liegen tegen mezelf, maar het kostte me heel wat moeite om een goede drogreden te bedenken waarom ik niet naar Staf zou gaan. Ik besloot een brief te schrijven. Ik vond een brief beter dan een bezoek. Hij zou me toch niet opmerken. Eigenlijk waren zulke bezoeken meer voor de bezoeker bedoeld dan voor de patiënt. Per minuut kocht je schuldgevoel en medelijden weg, erg moeilijk was dat niet. Ik maakte me erg kwaad op Staf, hoewel dat eigenlijk niet mijn bedoeling was. Maar als ik over die man nadacht, kon ik niet anders dan me opwinden. En die kloppende hoofdpijn deed er ook geen goed aan.

Toen gebeurde wat ik nooit had durven hopen. Elise wandelde voorbij mijn deur, en toen ik haar naam riep kwam ze terug. Ze zag mij en kwam op me af, ze glimlachte omdat ze altijd glimlachte. Ze vroeg me wat ik hier deed en ik zei dat mijn vader uit een raam was gevallen. Dat vond ze bijzonder jammer. En toen had mijn broer me op m'n bak gemept. Ook dat vond ze geen goed nieuws. Elise was erg medelevend. Ze stelde zelfs voor samen Staf te gaan bezoeken, maar dat vond ik geen goed idee. Ik vertelde haar over mijn plan om diezelfde avond nog een brief te schrijven. Hoe dat beter was dan een bezoek en dat hij me toch niet zou verstaan als ik iets zei. Dat vond Elise een hoop onzin. Volgens haar zou hij me wel verstaan en moest ik Staf zeker gaan bezoeken, net zoals ik dat een goed jaar geleden voor Roy had gedaan. Dat wist ze nog. Natuurlijk wist ze dat nog. Ik wilde haar vragen hoe het zat met dat gat in haar muur, en of ze voor mij haar adres nog eens kon opschrijven, want ik verdwaalde elke keer als ik haar probeerde op te zoeken. Ze zei dat ze dat zeker ooit zou doen, maar dat ze er dringend vandoor moest. Dat begreep ik natuurlijk wel. Vrouwen als Elise moest je nu ook niet overdreven gaan beperken in hun vrijheid. Misschien moest ze wel naar zo'n receptie voor mensen met villa's in Genève, om geld in te zamelen voor hongerlijders of weeskinderen.

Het duurde nog een minuut of vier, vijf nadat Elise de kamer had verlaten, maar toen stond ik op. Volgende keer moest ik Elise toch eens aanspreken over vrijheid en zelfbeschikking binnen onze relatie. Wie weet wordt dat onze eerste ruzie. Het moet heerlijk zijn om ruzie te maken met Elise en elkaar dan alles te vergeven in bed.

III

Vandaag

Ik checkte uit. De zware sleutelhanger die ik bij late thuiskomsten vaak in mijn zwetende, zatte handen had gehouden, klotste op de houten toonbank. Het tafereel had iets van de vrijlating van een gevangene. Wanneer stoppelbaardige cowboys hun pakje kleren terugkrijgen, met daarbij een oud zakhorloge, een rolletje briefgeld, een hoornen kam of manchetknopen. Ik had geen manchetknopen afgegeven toen ik een jaar geleden bij Hotel Splendid aankwam, wat ik vanochtend beschouwde als een gemis.

Op Roys begrafenis had ik ook geen hemd met manchetten gedragen. Als het bij Staf ook zover kwam, zou ik op dat vlak dezelfde politiek voeren. Manchetten moet je gebruiken wanneer je een glas wijn gaat drinken met een vrouw die uit Parijs of uit Milaan komt en naar zijden bedlakens ruikt. Begrafenissen moeten sober zijn, ook in klederdracht. Zoals een zakentransactie op een snelwegparking of een lunch onder Zwitsers.

Zou ik in staat zijn opnieuw mee te draaien in het leven buiten het Splendid, of zou ik zoals een gevangenisplant vergaan, eens buiten de muren van mijn fort? Ik heb altijd de neiging gehad te dramatiseren. Dat heb ik van mijn moeder. En van mijn vader.

Mevrouw Spillere nam mijn sleutel aan en zag er voor het eerst in een jaar niet uit alsof ze alles onder controle had. Of leek dat alleen maar zo? Een jaar. Een jaar in Hotel Splendid, dat zou een titel voor een boek kunnen zijn. Over iemand die nooit zijn hotelkamer uit komt en enkel worstjes uit blik eet. Gerard, zou het hoofdpersonage heten, en mensen zouden hem niet interesseren. Misschien zijn de interessantste mensen diegenen die mensen totaal oninteressant vinden.

Mevrouw Spillere was een vrouw met een goed hart. Ze bood mij een gratis ontbijt aan, met een fris glas karnemelk. Ik had een nacht niet geslapen en mijn maag stond strakker gespannen dan de snaren op Jimbo's Gibson SG. Ik bedankte Mevrouw Spillere voor het aanbod, maar ik moest er maar eens vandoor.

'Noem me maar Adriana,' zei ze. Beter was geweest als ze niets gezegd had. Liefst had ik gehad dat Mevrouw Spillere gewoon Mevrouw Spillere was gebleven. Wat had ik in hemelsnaam aan een matrones met een gewone naam. Adriana kon evengoed een Russische internethoer zijn, of een vrouw die korfbal speelt met haar collega's. 'Vrouwen die na een jaar gewoon Adriana blijken te heten,' zou het eerste puntje zijn op mijn nog samen te stellen lijstje Dood Van Het Moedergevoelen.

Het was alsof ik onder cellofaan leefde, of hoe heet dat materiaal waar je groenten onder conserveert. Er dwarrelden woorden en namen door mijn hoofd, maar ik kon er geen enkele te pakken krijgen. Zoals sneeuwvlokjes die smelten net voor ze de grond raken. Mijn blik schoot van boven naar onder naar Adriana naar de uitgang naar de sleutel die weer aan het haakje hing naar de grond en terug. Ik werd bestuurd door iets, zelf had ik niets meer te zeggen aan Max Eugène Venkenray. Thomas Pink. Cavia's, Gertjan, Spanje. Arduinsteen, Dolce&Gabbana, Inti Calfat zonder schoenen. Staf, Staf, Staf en Roy op een brommer. Zo moest het voelen om gek te worden. Dit was de hel. Dit was de hal van Hotel Splendid en hier klonk geen bluegrass met mandolines en dobro's. Hier klonk jazz en metal uit de jaren 1990. Eindeloos. Ik wilde geen glas karnemelk, ik wilde Adriana in de armen vallen en huilen tot het snot over haar zijden blouse liep. De houten toonbank maakte op statige, meubilaire wijze duidelijk waarom dat nu eenmaal niet kon.

'Tot ziens,' zei ik tegen Mevrouw Spillere.

'Veel succes, jongen.'

Ik ging niet naar Afghanistan of het eindexamen, aan succes had ik echt niks. Aan een troostende buste, misschien. Of aan geld. Veel geld. Om nog honderd jaar in Hotel Splendid te blijven wonen, in de suite op de hoogste verdieping. Kasten vol hemden van Thomas Pink en Ermenegildo Zegna zou ik kopen. En mijn muziek zou tot op de avenue te horen zijn. 'Will there be any stars?' En niemand zou klagen, want als je klaagt over mensen met heel veel geld, dan denkt iedereen dat je gewoon jaloers bent.

Ik pakte mijn koffers en verliet de hal. De geur van deze plek drong nu pas tot me door. Koffie van de ontbijttafel, het eeuwige parfum van Mevrouw Spillere en de chemotherapeutische bloemenmix van een luchtverfrisser die zoals een lama brutaal in het rond spuugde. Dit hotel mocht dan al vier sterren hebben, één daarvan had het zeker gestolen van het belendende hotel The Governor, waarvan de portier me met Mister aansprak, ook als ik 's ochtends in mijn polo van AirControl de deur uit ging. Maar het was op plekken als Hotel Splendid dat ik mij thuis voelde. In een mengeling van gezelligheid en middelmatigheid. In menselijkheid, eigenlijk.

De hal van Hotel Splendid rook naar een pornoset. Of naar hoe ik me inbeeldde dat het zou ruiken op een pornoset. Alle geuren waren scherp en opdringerig. Alles wat niet blonk werd met goudverf bespoten of behandeld met schoenlak. Alles was porno geworden, dat werd me hoe langer hoe duidelijker. Het pixelsletje van Jimbo, de neukersflat van Millie en Jay Jay, het gelul van Olivier van het Heilandcollege, het speeksel van Irma en die schijnbaar onschuldige jurkjes van Elise. Allemaal opgespoten porno. Ik wilde braken, maar er zat niks in mijn maag. Ik wandelde naar buiten om lucht te happen, en om voor de laatste keer al mijn rotzooi en vuile beddengoed achter te laten in de altijddurende, eeuwige cyclus van het hotel.

Het was nog niet lang opgehouden met regenen en alles leek gewassen en vernieuwd. De blaadjes van de omheinde boompjes in de laan waren niet langer stoffig en droog, de straat was donkerblauw en niet langer grauwgrijs.

'Good day, Mister,' zei de portier van The Governor, met een knoert van een accent.

Ik bedankte hem met een knik, die hij beantwoordde. Mijn knik werkte terug, dat was tenminste goed nieuws. Heel de nacht had ik wakker gelegen, misschien heimelijk ook wel genoten, van het gekletter van de regen op mijn ramen. Ik dacht aan Staf, en aan wat Elise gezegd had. Waarom ik Gertjan zo boos had gekregen en vooral waarom ik uiteindelijk niet de moed had gehad om Stafs kamer binnen te gaan. Staf schoot tekort als vader, maar misschien kon je als zoon ook tekortschieten.

*

Ik had in de gang staan spieden naar verpleegsters of dokters die mij zouden gezien kunnen hebben. Alsof ik weer op het internaat zat en niet gezien mocht worden door de opvoeders. Voor een man van eenentwintig ben ik soms nog heel jongensachtig, maar dat zal wel beteren.

Er was niet veel verkeer op de groene gang, er heerste een soort stilte waarvan sommigen zouden beweren dat ze respectvol was. Ik had als een figurant een bekertje water getapt en was langs de muren tot Stafs kamer gegleden. Met de klink in de hand had ik het gezoem van allerlei apparaten gehoord en even later zat ik op de bus naar het centrum. Ik kon het niet.

Om middernacht zat ik aan de bar van het hotel met Andy. We praatten over de demo die hij met zijn band had opgenomen in een studio van zijn oom. Ik had die demo nog niet gehoord. Probeer maar eens over een demo te praten die je nog niet gehoord hebt. Dat is best lastig. Ik deed hoe dan ook mijn best, want de dood van dat gesprek betekende het einde van de avond en een lege kamer die op me wachtte. Het was ergens tijdens Andy's uiteenzetting over het wereldwijd straal onderschatte belang van een goede geluidscheck voor de drums dat ik besloot mijn periode in Hotel Splendid af te sluiten. Grote beslissingen komen vaak onverwachts. Plots zijn ze daar, en dan kan je niet meer terug.

*

Ik nam de bus naar het ziekenhuis. Een klein uur geleden is dat nu. De chauffeur, zonder twijfel een depressivo met een vrouw aan de sherry, keek zuchtend naar de twee koffers en de grote, lompe rugzak die ik met me meezeulde. Dit was ik, twee koffers en een rugzak. Cd's, dure hemden en wel een dozijn T-shirts, polo's, jasjes, hesjes en fleecetruien van AirControl. Al mijn werelden pasten net op het bagagerek, boven mijn hoofd. Ik had een absolute hekel aan zeulen. Het liefst zou ik reizen met alleen een tandenborstel en een Golden Visa op zak, maar dat bleef voorlopig bij een droom.

Bij elke halte overwoog ik uit te stappen. Dat kon ik gewoon doen, uitstappen en in Australië gaan wonen. In een groot veld. Bussen die elke twee minuten stoppen zijn een marteling voor twijfelaars als ik. Vloog er maar een lijnvlucht van Hotel Splendid naar het ziekenhuis. Staf dwarrelde nog steeds door mijn hoofd. Ik had het voorbije jaar in de aangenomen zekerheid geleefd dat hij een lul was, maar ik begon in te zien dat de kans bestond dat hij gewoon een wat ongelukkige romanticus was. Wat overigens veel erger is. Een lul is voorspelbaar. Die zie je denken, als een stripfiguurtje, in wolkballonnetjes. Een romanticus daarentegen, daarvan wist je niet wat je eraan had. Vaak niet veel. Zulke lui komen altijd met verrassingen aanzetten die meestal enkel zijzelf geweldig vinden. Kijk maar naar Staf, een uniek talent voor verrassingen had die man.

In mijn binnenzak zat de brief die ik 's nachts had geschreven. Als het donker en stil is komen de woorden beter. Zeker als het ook nog eens regent. 'Brief aan Staf' stond op de envelop die ik in mijn nachtkastje had gevonden. Er pronkte een stoer logo van Hotel Splendid in de rechterbovenhoek. Het deed vermoeden dat Hotel Splendid een burcht was en bestuurd werd door een kasteelheer. Dit was mijn laatste betoog voor Staf. Misschien ook wel het eerste. Ik schreef niet graag, of toch niet gemakkelijk. Dingen opschrijven vond ik maar obsceen. Je gaat je rotzooi toch ook niet aan de vrouw naast jou op de bus vertellen? Ooit had ik het woord binnenvetter geleerd, en hoewel me dat aan een specialisme in de beenhouwersbranche deed denken – stuur deze runderen eerst langs de binnenvetter! – was ik het nooit meer vergeten. Soms vette ik zodanig binnen dat ik er gek van werd. Deze nacht had ik besloten dat niet langer te doen. Deze brief was in die zin een goed begin. Mijn eerste slachtoffer was Staf. Staf Venkenray, gevallen leider van een onsamenhangende clan.

Ik nam ondertussen passief ontslag bij AirControl. De fantasie van Valérie was toch verloren gegaan na de tranenlitanie van Doctor Moeder. En dan dat eindeloos op de pot blijven zitten. Het zou nooit wat geworden zijn tussen Valérie en mij. Ik had niets meer wat me motiveerde om die onnozele airco-installaties netjes te houden. Altijd dat domme shoppingcenter ook. Passief ontslag nemen houdt in dat je niet meer opdaagt en ervan uitgaat dat ze dan wel je ontslagbrief zullen opsturen. Ik had gevraagd aan Mevrouw Spillere om al mijn post bij te houden, zo kon ik hem te gepasten tijde gaan oppikken. Post kon me wat. Mijn vader lag tenslotte op zijn sterfbed.

Je bent niet per definitie een pure mislukking als je Max Eugène Venkenray heet. Ook al lijkt het zo, een naam is geen excuus.

*

Gertjan is echt gek. Dat zeg ik al lang, maar nu meen ik het. Ik sta op een graspleintje voor het ziekenhuis en overal rond mij lopen cavia's. Witte, zwarte en alles daartussen. Zeker honderd of zo. Kinderen proberen ze te vangen of beginnen te huilen. Het lijkt op *The Birds*, maar dan met cavia's. Met Gertjan kan je ook nergens komen. Die stomme beestjes weten niet eens wat te doen. Ze lopen maar wat van links naar rechts, de meeste bewegen zelfs helemaal niet of lijken verdiept in een filosofisch vraagstuk. Cavia's opbranden, ik wist wel dat zoiets zelfs voor Gertjan te geschift was. Ik besef plots dat ik misschien niet op een gewoon graspleintje sta, maar wel midden in een installatie. Een installatie van de jonge kunstenaar Gertjan Venkenray. Jimbo zou me niet sparen, als hij mij nu zag staan. Cavia's. De zot.

Hoe lang sta ik hier nu? Een kwartier misschien. Nee, nog niet. Tien minuten, top. Er is iets wat me tegenhoudt, naast de angst om een cavia te verpletteren. Hier, op het graspleintje voor de ingang, lijkt het hospitaal een gewoon gebouw. Architect, dat was ik graag geworden, dan zou ik ook voortdurend mensen op het verkeerde been zetten. Net zoals dit ziekenhuis, je ziet er niet aan dat mensen hier sterven, dat vrouwen bevallen en ouders voor eeuwig gebroken worden als een van hun kinderen sterft. Langs waar zouden ze de lijken buitendragen? Er moet een geheime poort zijn.

Wat staat mij te doen? Ik moet gewoon naar binnen gaan, tot aan de kamer van Staf, ik klop dan voor de vorm op de deur, wacht niet op antwoord dat niet komt, wandel tot bij hem en leg mijn hand op zijn voorhoofd. Of is dat te dramatisch? Op zijn hand, ik kan mijn hand op zijn hand leggen. Dat deed ik ook met Roy, dat werkt. Die jongen had nog fijne handen, zonder groeven of wratten. Ik heb een week of twee geleden een eerste barst in mijn hand ontdekt. Dat hoort erbij, bij het man-worden, denk ik.

Ik weet niet wat ik tegen Staf zal zeggen. Ja, dat hij een domme fucking idioot was om uit dat raam te donderen, dat zal ik hem zeker zeggen. En dat zijn hotel stonk, en dat hij zijn wasgoed niet zou moeten laten doen door iemand die zich Giorgio Barone noemt. En ik zal zeggen dat het me spijt. Niet luidop, hij kan me toch niet horen, maar ik zal het denken, op bidvolume. Niet dat het me spijt dat hij gelogen heeft tegen ons en dat hij Roy misschien had kunnen redden moest hij wat meer huisvader en wat minder Romeo geweest zijn, maar dat het me spijt dat ik te veel naar hem doorgespeeld heb. Te veel angst en te veel boosheid. Vaders zijn uiteindelijk altijd antihelden. Ze kunnen nooit voldoen aan de verwachtingen. Dat spijt me voor Staf.

De brief ga ik voorlopig niet afgeven. Misschien later. Het heeft weinig zin om eerst te zeggen dat het je spijt en dan nog een brief onder het kussen te schuiven. Ik zal niet lang blijven in zijn kamer. Zeggen wat ik te zeggen heb en dan iets drinken.

*

Ik wandel rustig naar binnen, door de hoofdingang. Hier zitten altijd oude mensen die zoals reptielen naar het zonlicht schuiven om wat energie op te doen. Ze bewegen traag en hun huid lijkt van krokodillenleer.

Ik laat de rokerskoker links liggen. De missie, ik moet de missie respecteren. Recht naar de lift en hop, naar de vierde verdieping. Ik heb een déjà vu. Gisteren deed ik net hetzelfde, maar toen was ik nog niet half de man die ik nu ben. Het valt me op dat de krantenkiosk gesloten is. 'Gesloten wegens ziekte' hangt knullig op het rolluik. Ik heb geen tijd om lang bij die ironie stil te staan. Mijn hart werkt dubbel en ik zweet als de dikke zusjes Cox onder de spots.

Ik kom op de groene gang en bots bijna op de hoofdverpleegster. Ze herkent mij, ze knikt, ze geeft me een blik die ik mij herinner. Ik probeer te glimlachen, maar het korstje op mijn lip scheurt weer open, en ik vloek. Ze gaf mij net een medelijdende blik. Was dat een medelijdende blik? Die vraag brengt me even uit mijn vastberaden tred en ik begin te twijfelen. Wat kom ik hier in godsnaam zoeken? Ik tap zenuwachtig een wit bekertje aan de waterdispenser. Helpt water tegen migraine? Ik hoop het. Ik ken de smaak van dit water, en die voorspelt niet veel goeds. Niet nadenken, gewoon slikken.

Als ik uiteindelijk de laatste restjes moed bij elkaar borstel en opnieuw de gang op wandel, word ik omvergelopen door een vrouw. Ik kijk mensen niet in de ogen als ik door een gang loop, dat vind ik voor arrogante eikels. Het is daarom dat ik seconden en daarna nog meer seconden nodig heb om te beseffen dat die vrouw Millie was, Doctor Moeder, mijn moeder. Ik kijk haar na, ze loopt de trappen af en verdwijnt. Ze heeft me niet herkend. Mijn eigen moeder heeft me niet herkend. Ik draai me om en wil naar Staf toe. Met een smak loop ik tegen iemand aan. Ik wil me excuseren, maar Gertjan houdt me vast en laat zijn tranen langs mijn nek wegvloeien. Ik weet wat ik nog niet besef. Ik moet zitten maar wil lopen. Ik wil Roy maar ik denk Staf. Staf, arme zotte Staf. Elise, neem me mee.